QCM et QRC de culture générale

aux concours de la Fonction publique

Batteries de tests n° 3

ISBN 2 - 84200 - 571 - 6

Jean-Marie ALIX
Dominique GRANDGUILLOT
Aline NISHIMATA

QCM et QRC de culture générale

aux concours de la Fonction publique

Batteries de tests n° 3

Gualino éditeur

Chez le même éditeur pour la préparation des concours administratifs

• QCM et QRC de culture générale aux concours de la Fonction publique :
  – Batteries de tests n°1 (R. Walter, D. Grandguillot, A. Nishimata)
  – Batteries de tests n°2 (R. Walter, D. Grandguillot, A. Nishimata)
  – Batteries de tests n°3 (J.-M. Alix, D. Grandguillot, A. Nishimata)
  – Batteries de tests n°4 (J.-M. Alix, D. Grandguillot, A. Nishimata)

• Annales corrigées QCM et QRC aux concours d'entrée des Instituts Régionaux d'Administration – IRA – (C. Chabanon – M. Deyra) – 3e édition 2002

• L'essentiel de la Note de synthèse aux concours de la Fonction publique (M. Deyra) – 2e édition 2002

• Réussir l'oral aux concours de la fonction publique :
  1 – Conversation ou entretien avec un jury sur la carrière professionnelle (A. Nishimata) – 2e édition 2003
  2 – Commentaire ou exposé (A. Nishimata)

• Mémento – La Note de synthèse – Collection Fac-Universités (M. Deyra) – 6e édition 2002

• Exercices corrigés de Note de synthèse – Collection Fac-Universités (Ch. Bertrand et M. Deyra)
  1 – série 1 – 8 dossiers corrigés – 3e édition 2002
  2 – série 2 – 8 dossiers corrigés

PRÉSENTATION

Utilisée d'une manière quasi-systématique lors des concours administratifs, l'épreuve de ***questions à choix multiple*** et de ***questions à réponse courte*** exige de la part du candidat aux concours de la Fonction publique une solide maîtrise de la technique de cette épreuve s'il veut parvenir au succès.

Les six séries de tests de QCM et de QRC présentées dans cet ouvrage – trois de niveau 1 et trois de niveau 2 – portant sur *l'instruction civique, le droit, l'histoire, la géographie, l'économie, la sculpture, l'architecture, la peinture, la musique, le cinéma, le théâtre, la littérature, la poésie, le vocabulaire et l'orthographe*, permettent au candidat de s'entraîner et de s'évaluer.

Les nombreux conseils méthodologiques dispensés dans les premières pages lui seront également utiles pour appréhender l'épreuve avec confiance ; les réponses commentées qui sont proposées ainsi que la grille d'évaluation attachée à chaque test permettront au lecteur de faire le point sur son niveau et de constater ses progrès, au fur et à mesure de sa progression du niveau 1 au niveau 2.

SOMMAIRE

Tests de niveau 2

INTRODUCTION

1 Présentation des QCM – QRC

Les QCM

Les QCM sont des ***Questions à Choix Multiple***. À une question posée, le candidat se voit présenter différentes réponses parmi lesquelles il lui faudra cocher une réponse juste, ou plusieurs réponses justes ; pour certaines questions, il ne faudra rien cocher. Ce sont donc des ***questions fermées*** auxquelles le candidat doit répondre rapidement, d'une manière ***quasi-instinctive***, avec ***un temps de réflexion très limité***.

Exemples de questions de QCM :

– Pour certaines questions, une réponse unique : *Le général de Gaulle est mort en* :

☐ a – 1969
☐ b – 1970
☐ c – 1971

Réponse : Il faut cocher b.

– Pour certaines questions, deux ou plusieurs réponses sont possibles : *En musique, quel(s) compositeur(s) a (ont) employé le dodécaphonisme* ?

☐ a – Schönberg
☐ b – Stravinsky
☐ c – Boulez

Réponses : a, b et c.

– Parfois, aucune réponse n'est bonne : *Lequel, parmi ces films, n'a pas eu de Palme d'or à Cannes ?*

□ a – *L'affaire Mattei* (F. Rosi)
□ b – *Paris Texas* (W. Wenders)
□ c – *Secrets et mensonges* (M. Leigh)

Pas de réponse à cocher, les trois films cités ont eu une Palme d'or respectivement en 1972, 1984 et 1996.

Remarque : dans certains QCM, il est demandé au candidat, conformément à la pratique des concours :

– soit de remplacer le mot ou l'expression par un mot ou une expression équivalent ;
– soit d'associer une série de propositions à des réponses énoncées.

Une épreuve de culture générale peut être entièrement constituée de QCM, mais elle peut, en outre, contenir des QRC.

Les QRC

Les QRC sont des ***Questions à Réponse Courte***. À une question posée, le candidat dispose d'un certain nombre de lignes pour répondre de manière précise, technique et brève. Ce sont donc des ***questions ouvertes***, nécessitant ***un certain effort de réflexion et de construction de la réponse***.

La place des QRC dans un examen ou un concours est très variable. Les QRC peuvent constituer l'intégralité de l'épreuve de culture générale (par exemple, concours de Rédacteur des débats de l'Assemblée nationale), comme seulement une partie de l'épreuve (10 QRC et 30 QCM au concours interne d'accès aux IRA). De même, la place impartie au candidat, pour répondre aux QRC, peut être très variable. Elle peut être très courte (1 ou 2 lignes) ou plus importante (15 lignes par exemple dans le concours d'accès aux Instituts Régionaux d'Administration). Le candidat devra adapter la longueur de sa réponse en fonction de ce type de critère et faire une réponse extrêmement concise, ou développée. C'est cependant un apprentissage de la concision pour retrouver l'essentiel d'un thème.

Le barème affecté à ces questions est aussi plus ou moins important. Dans tous les cas, le candidat, au début de chaque épreuve se verra remettre, sous forme « d'avertissement », des consignes de délai pour effectuer sa série de tests, de même que la répartition de la notation des différentes questions posées. Par exemple, pour le concours interne d'accès aux Instituts Régionaux d'Administration de novembre 2002, la durée de l'épreuve était de 3 heures (coefficient 4) et le candidat devait répondre en Droit public à 16 QCM (16 points), 3 QRC (15 points), en Droit de l'Union européenne à 8 QCM (8 points), 2 QCR (10 points) et en Politiques Économiques à 16 QCM (16 points), 3 QRC (15 points).

2 Des QCM – QRC : pour qui ?

Cet ouvrage se destine principalement ***aux personnes préparant des concours***, que ce soit des concours d'entrée aux grandes écoles ou des concours de la Fonction publique de catégorie A, B et C.

L'épreuve des QCM – QRC existe depuis longtemps (exemple du concours d'internat de médecine ou de l'examen du code de la route), mais actuellement elle est ***utilisée d'une manière quasi-systématique*** lors des concours de la Fonction publique, souvent au stade de première épreuve, d'épreuves éliminatoires, ou d'épreuves de pré-admissibilité. ***Réussir cette épreuve*** devient alors la condition *sine qua non* pour « rester dans la course » et ceci d'autant plus que cette épreuve peut être affectée d'un fort coefficient (coefficient 4 pour les IRA).

3 Des QCM – QRC : pourquoi ?

Des QCM-QRC pour évaluer et pour s'évaluer

Les QCM – QRC sont ***un bon moyen de tester et d'évaluer la culture générale*** et les différentes disciplines imposées lors des concours et examens.

Ils pourront également servir aux autres épreuves, que ce soit les dissertations, les commentaires de textes, la conversation avec le jury sur un thème de culture générale, les synthèses ou autres analyses écrites ou orales présentées lors des concours.

Des QCM-QRC pour s'entraîner

Les QCM – QRC présentés dans cet ouvrage doivent permettre au candidat de ***bien se préparer*** à l'épreuve du concours, ***d'une part en acquérant des automatismes***, que ce soit dans la conduite à tenir face à l'exercice spécifique des QCM, ou dans les réponses à fournir pour les QRC, et ***d'autre part en entraînant sa mémoire***.

L'épreuve de QCM – QRC est souvent une épreuve longue et éprouvante et comme toute épreuve demande de la part du candidat ***une bonne gestion du temps imparti***. Les épreuves de QCM et de QRC peuvent être, dans une certaine mesure, comparées au marathon. Il s'agit d'une épreuve nécessitant une stratégie, une expérience et avant tout une connaissance de soi. Pour parvenir à un bon résultat, il faut travailler et cela passe par l'entraînement.

Un bon entraînement aux tests de QCM aide le candidat à ne pas céder à la panique de celui qui, pour la première fois, découvre ce type d'épreuve. Par ailleurs, ***le candidat bien entraîné saura trouver le bon rythme*** pour répondre aux questions, ni trop lentement (ce qui pourrait l'empêcher de finir l'épreuve) ni de façon trop précipitée (ce qui pourrait lui faire commettre beaucoup d'erreurs). De même, un candidat bien familiarisé avec la technique saura être vigilant quant aux ***pièges*** qui peuvent être tendus.

Les QCM-QRC sont aussi un ***bon entraînement pour la mémoire*** car d'abord, les tests présentent toujours plus ou moins les mêmes centres d'intérêt et ***il arrive fréquemment que certaines questions dites « élémentaires » ressortent dans différents concours***. Ensuite, l'entraînement permet au candidat de stimuler sa réflexion et sa capacité de recherche rapide d'une donnée précise et ponctuelle.

4 Des QCM – QRC : comment faire ?

- *Travailler sa culture générale.*
- *Travailler sa réactivité aux grandes questions actuelles et à l'information.*
- *Augmenter sa vigilance.*
- *Apprendre à associer différents thèmes.*
- *Mieux se repérer dans les chronologies.*
- *Développer une gymnastique intellectuelle qui permet de passer très rapidement d'un sujet à un autre.*
- *Se familiariser avec la technique de l'épreuve.*

Nous croyons, avant tout, qu'il s'agit d'*une question de méthode dans l'apprentissage de la recherche et du stockage des données*.

Ainsi, chaque candidat devra évaluer, ***par entraînement aux tests***, ce qu'il sait, ce qu'il a oublié, ce qu'il n'a jamais appris. En fonction du niveau du concours ou de l'examen qu'il doit présenter, en somme ***en fonction de ses besoins***, le candidat établira une liste de thèmes qu'il devra travailler sous forme de fiches « à niveaux », tels que niveau d'initiation, niveau complémentaire, niveau d'approfondissement des connaissances par exemple.

Acquérir une ***bonne technique de réponse*** aux QCM et QRC se résume à répondre juste, au maximum de questions posées dans le temps imparti et donc à ne pas tomber dans les pièges classiques que rencontre tout candidat.

- Dans un premier temps, ***l'étudiant, avant même de regarder les réponses proposées, devra mentalement rechercher la réponse***. Ce temps est bien sûr très court.
- Dans un second temps, ***l'étudiant examine les propositions de réponses***.

Dans tous les cas, ***le candidat ne devra pas rester bloqué face à une question***. L'objectif est de répondre à l'ensemble des questions : le candidat, plutôt que de trop s'appesantir sur un problème, devra passer à la question suivante. Cet aspect des choses est d'autant plus important que bien souvent certaines questions sont « croisées » et permettent au candidat attentif de retrouver des réponses.

- *Suivre les consignes données à chaque épreuve*

Ceci signifie, que le candidat devra ***être attentif à la durée de l'épreuve***, tant au type de questions posées qu'au barème qui leur est affecté. Si le candidat dispose de 1 heure 30 pour faire 70 QCM, il ne disposera pour répondre, que de 1 minute et 17 secondes par question, tout en sachant que le mieux sera de se réserver, dans le meilleur des cas, quelques instants pour vérifier chacune des réponses (et non pour tout changer au dernier moment !). Si l'épreuve est constituée de QCM *et* de QRC, le mieux sera peut-être de répondre dans un premier temps aux QCM et dans un second temps aux QRC si ces dernières exigent un effort important de réflexion et de construction de la réponse. Dans tous les cas, chaque candidat doit, par l'entraînement, voir ce qui lui correspond le mieux et ce qui, surtout, lui réussit le mieux en termes de résultat.

- *Ensuite, le candidat sera vigilant quant aux questions posées*

Bien voir si l'on demande de cocher la réponse juste, de chasser l'intrus, de classer par ordre chronologique, décroissant, croissant... Il serait dommage de commettre des erreurs par inattention.

5 Utilisation de l'ouvrage

Nous vous proposons dans cet ouvrage des modèles de tests de culture générale à deux niveaux de difficulté se rapprochant au mieux de ce qui vous est demandé dans un concours ou examen. Par ailleurs, ces deux niveaux de difficulté vous permettront de ***tester d'une manière progressive l'étendue de vos connaissances***.

Le niveau 1 permettra ***aux candidats aguerris*** à la technique des QCM – QRC de « s'échauffer » avant de se lancer dans des questions de niveau 2, et ***aux candidats novices*** dans cette épreuve, de faire leurs premiers pas. Une fois que le candidat aura terminé sa première série de tests de premier niveau et en fonction du résultat obtenu, il pourra passer directement au niveau de difficulté 2 ou refaire un ou deux tests de premier niveau.

À la fin de chaque test, des ***réponses commentées*** sont proposées ainsi qu'une ***grille d'évaluation*** finale dans laquelle le lecteur pourra reporter le nombre total de réponses justes.

Chaque série de tests est composée de 80 QCM à un point, et de 5 QRC à 4 points. Pour mériter un point à chaque QCM, il faut que l'intégralité de la réponse soit juste. Pour avoir deux points à chaque QRC, il faut avoir mentionné les informations données dans la correction.

Le total est donc sur 100 points. Pour avoir une moyenne sur 20, le candidat devra diviser le résultat par 5.

Pour bien s'entraîner, le candidat essayera de réaliser son test dans ***« une mise en situation de concours »***, dans des conditions favorables de concentration et dans des délais impartis qu'il pourra se fixer. Il lui est conseillé de faire, puis refaire les tests dans les mêmes délais, puis avec des délais de plus en plus courts et de noter ses performances.

PARTIE 1

Tests de niveau 1

TEST 1

1 • INSTRUCTION CIVIQUE – DROIT

1 En France, le droit de vote est accordé à partir de :

- ☐ a – 16 ans
- ☒ b – 18 ans
- ☐ c – 21 ans

2 L'Assemblée nationale compte :

- ☐ a – 517 députés
- ☐ b – 537 députés
- ☐ c – 557 députés
- ☐ d – 577 députés

3 Parmi ces hommes politiques, seul est élu au suffrage universel direct :

- ☐ a – le sénateur
- ☐ b – le maire
- ☒ c – le député
- ☐ d – le ministre

4 Le président de la République est élu au suffrage universel direct depuis :

- ☐ a – 1948
- ☒ b – 1962
- ☐ c – 1968

5 L'élection des conseillers prud'homaux a lieu tous les :

- ☒ a – 3 ans
- ☐ b – 4 ans
- ☐ c – 5 ans
- ☐ d – 6 ans

6 La devise de la République française est :

- ☐ a – Liberté, Fraternité, Égalité
- ☐ b – Égalité, Liberté, Fraternité
- ☒ c – Liberté, Égalité, Fraternité
- ☐ d – Égalité, Fraternité, Liberté

7 L'enfant est pénalement responsable à partir de :

- ☐ a – 11 ans
- ☐ b – 13 ans
- ☒ c – 16 ans

8 Le président de la République réside :

- ☒ a – à l'hôtel Matignon
- ☐ b – au palais Bourbon
- ☒ c – au palais de l'Élysée
- ☐ d – au palais du Luxembourg

9 Au 1er janvier 2003, l'Union européenne comprend :

- ☐ a – 12 États membres
- ☐ b – 13 États membres
- ☐ c – 15 États membres
- ☐ d – 25 États membres

10 Le fait de ne pas voter à l'occasion d'une élection s'appelle :

- ☐ a – l'absentéisme
- ☐ b – l'abstention
- ☐ c – le refus de vote
- ☐ d – l'abstinence

2 • HISTOIRE

1 Le dernier Président du Conseil de la IVe République fut :

- ☐ a – Guy Mollet
- ☐ b – René Coty
- ☐ c – Charles de Gaulle
- ☐ d – Vincent Auriol

2 Le Titanic coula lors de son premier voyage qui se déroula en :

- ☐ a – 1910
- ☐ b – 1912
- ☐ c – 1919
- ☐ d – 1936

3 Louis XV est :

- ☐ a – le fils de Louis XIV
- ☐ b – le petit-fils de Louis XIV
- ☐ c – l'arrière-petit-fils de Louis XIV

4 Les accords de Genève, signés le 20 juillet 1954, règlent le conflit qui opposait :

- ☐ a – la Chine et le Japon
- ☐ b – la France et l'Indochine
- ☐ c – la France et l'Algérie

5 Les révoltes paysannes au Moyen Âge et sous l'Ancien Régime sont appelées :

- ☐ a – des paysanneries
- ☐ b – des jacqueries
- ☐ c – des roueries

6 L'abolition de la royauté et la proclamation de la république ont eu lieu en :

- ☐ a – 1789
- ☐ b – 1791
- ☐ c – 1792
- ☐ d – 1794

7 La bataille d'Alésia, où Vercingétorix est vaincu par Jules César, a eu lieu en :

- ☐ a – 52 avant J.-C.
- ☐ b – 22 avant J.-C.
- ☐ c – 22 après J.-C.
- ☐ d – 52 après J.-C.

8 Quelle bataille n'est pas associée à la guerre de Cent Ans ?

- ☐ a – Azincourt
- ☐ b – Castillon
- ☐ c – Crécy
- ☐ d – Valmy

9 Le canal de Suez, dont les travaux commencèrent en avril 1859, fut inauguré en :

- ☐ a – 1862
- ☐ b – 1866
- ☐ c – 1869
- ☐ d – 1872

10 La guerre de 1870-1871 oppose la France à :

- ☐ a – l'Angleterre
- ☐ b – l'Autriche
- ☐ c – l'Allemagne
- ☐ d – la Russie
- ☐ e – la Prusse

3 • GÉOGRAPHIE

1 Parmi ces pays, quels sont ceux qui sont frontaliers avec le Liban ?

- ☐ a – la Libye
- ☐ b – la Syrie
- ☐ c – la Jordanie
- ☐ d – Israël

2 En France, la vigne couvre :

- ☐ a – près de 1 000 000 ha
- ☐ b – près de 500 000 ha
- ☐ c – près de 300 000 ha
- ☐ d – près de 100 000 ha

3 La superficie de la Corse est de :

- ☐ a – 3 750 km^2
- ☐ b – 6 500 km^2
- ☐ c – 8 700 km^2
- ☐ d – 12 500 km^2

4 Les États-Unis sont composés de :

- ☐ a – 13 États
- ☐ b – 39 États
- ☐ c – 50 États
- ☐ d – 53 États

5 Lequel de ces océans est le plus grand ?

- ☐ a – l'océan Indien
- ☐ b – l'océan Atlantique
- ☐ c – l'océan Pacifique

6 Associez à chaque fleuve sa longueur :

1 – 575 km
2 – 775 km
3 – 800 km
4 – 1 020 km

- ☐ a – ....la Seine
- ☐ b – ....la Garonne
- ☐ c – ....la Loire
- ☐ d – ....le Rhône

7 Les terres émergées représentent une superficie de :

- ☐ a – 50 millions de km^2
- ☐ b – 100 millions de km^2
- ☐ c – 150 millions de km^2
- ☐ d – 200 millions de km^2

8 La circonférence de la Terre à l'Équateur est de :

☐ a – 16 000 km
☐ b – 37 000 km
☐ c – 40 000 km
☐ d – 45 000 km

9 Le Vatican est :

☐ a – un État indépendant
☐ b – une province de l'Italie
☐ c – un quartier de Rome

10 En France, le climat dominant est :

☐ a – le climat continental
☐ b – le climat océanique
☐ c – le climat méditerranéen

4 • ÉCONOMIE

1 Un hypermarché est un magasin, à prédominance alimentaire, exploité en libre-service, sur une surface supérieure à :

☐ a – 1 500 m²
☐ b – 2 000 m²
☐ c – 2 500 m²
☐ d – 5 000 m²

2 Parmi les termes suivants, lequel désigne ce que verse un assuré à son assureur ?

☐ a – une indemnité
☐ b – une contribution
☐ c – une prime
☐ d – une prestation

3 Pour être considéré comme artisan, il faut :

☐ a – exercer seul son activité
☐ b – n'employer pas plus d'un salarié
☐ c – n'employer pas plus de 10 salariés
☐ d – n'employer que des membres de sa famille

4 Quel secteur est concerné par la PAC ?

☐ a – l'assurance
☐ b – l'agriculture
☐ c – l'automobile
☐ d – l'aérospatiale

5 Associez chaque pays à son unité monétaire :

1 – baht
2 – dong
3 – kip
4 – riel

☐ a – ....Cambodge
☐ b – ....Laos
☐ c – ....Thaïlande
☐ d – ....Viêt-nam

6 Le 1er choc pétrolier eut lieu en :

☐ a – 1968
☐ b – 1973
☐ c – 1979
☐ d – 1983

7 Associez chaque type d'élevage à sa région de production principale :

1 – la Bretagne
2 – les régions méridionales
3 – toutes les régions sauf la région méditerranéenne

☐ a – ....les bovins
☐ b – ....les ovins
☐ c – ....les porcins

8 En France, le régime général des prix est :

☐ a – libre
☐ b – encadré
☐ c – administré

9 Le pays constructeur du train, détenteur du record mondial de vitesse, est :

☐ a – les États-Unis
☐ b –la France
☐ c – le Japon
☐ d – la Corée du Sud

10 Le marketing correspond à :

☐ a – l'innovation technique
☐ b – l'activité créatrice concernant la mise en forme d'un objet produit industriellement
☐ c – l'étude du marché pour connaître les besoins
☐ d – la vente des produits à bas prix

5 • SCULPTURE – ARCHITECTURE – PEINTURE – MUSIQUE

1 Quel est le peintre européen qui a écrit le livre : « *Du spirituel dans l'Art* » ?

☐ a – Antonin Artaud
☐ b – Paul Klee
☐ c – Vassili Kandinsky
☐ d – Malévich

2 Quel artiste américain a représenté des séries d'images sur Marilyn Monroe, des chaises électriques et des boites de soupe Campbell ?

☐ a – Rauschenberg
☐ b – David Hockney
☐ c – Andy Warhol
☐ d – Roy Lichtenstein
☐ e – James Rosenquist

3 Le miroir tel que nous le connaissons a été inventé dans la ville de :

☐ a – Ségovie
☐ b – Salamanque
☐ c – Venise
☐ d – Constantinople
☐ e – Cordoue

4 Dans quelle ville des États-Unis le mouvement musical dénommé Rap a-t-il pris naissance ?

☐ a – San francisco
☐ b – New-York
☐ c – Memphis
☐ d – Chicago
☐ e – Cincinnati

5 Quel compositeur a réalisé la musique du ballet *L'oiseau de feu* dansé par Nijinski pour les ballets russes de Diaghilev à Paris ?

- ☐ a – Rimsky-Korsakov
- ☐ b – Debussy
- ☐ c – Stravinski
- ☐ d – Tchaïkovsky

6 Georges de la Tour est un peintre du ?

- ☐ a – XVIe siècle
- ☐ b – XVIIe siècle
- ☐ c – XVIIIe siècle
- ☐ d – XIXe siècle

7 Le *Sfumato* est une technique picturale qui permet de représenter les sujets comme derrière un voile. Quels ont été les premiers peintres à l'utiliser ?

- ☐ a – Camille Pissaro
- ☐ b – Léonard de Vinci
- ☐ c – Edgar Degas
- ☐ d – Le Corrège

8 Quel peintre anglais a beaucoup travaillé sur la représentation de l'ondulation et des reflets de l'eau dans des piscines ?

- ☐ a – Francis Bacon
- ☐ b – David Hockney
- ☐ c – Jasper Johns
- ☐ d – Richard Hamilton

9 Au XIXe siècle, quel architecte s'est consacré à la restauration des gargouilles de Notre Dame de Paris ?

- ☐ a – Nicolas Ledoux
- ☐ b – Eugène Viollet-Le-Duc
- ☐ c – Baron Haussmann
- ☐ d – Paul Abadie

10 Qui a eu l'idée de développer une norme architecturale appelée « *Modulo*r » afin de créer des immeubles rationnels ?

- ☐ a – Oscar Niemeyer
- ☐ b – Le Corbusier
- ☐ c – Alvar Aalto
- ☐ d – Jean Prouvé

6 • CINÉMA – TÉLÉVISION – THÉÂTRE – PHOTOGRAPHIE

1 Quel a été le premier dessin animé de long métrage intégralement réalisé en images de synthèse 3D ?

- ☐ a – *Tron*
- ☐ b – *Toy Story*
- ☐ c – *1001 pattes*
- ☐ d – *Shrek*
- ☐ e – *Fourmiz*

2 Parmi ces émissions lesquelles ne sont pas considérées comme des « *sitcom* » ?

- ☐ a – *Friends*
- ☐ b – *Ushuaïa*
- ☐ c – *Hélène et les garçons*
- ☐ d – *Des racines et des ailes*
- ☐ e – *Notre belle famille*
- ☐ f – *Une nounou d'enfer*

3 Quel présentateur anima l'émission de télévision *Apostrophes* ?

- ☐ a – Jean-Christophe Averty
- ☐ b – Pierre Sabbagh
- ☐ c – Bernard Pivot
- ☐ d – Jacques Chancel

4 Quel est le dernier film réalisé par Costa-Gravas en 2002 ?

- ☐ a – *L'aveu*
- ☐ b – *Dancers Upstairs*
- ☐ c – *Amen*
- ☐ d – *Z*

5 Quel est l'auteur de la célèbre photographie le *Baiser de l'hôtel de ville* ?

- ☐ a – Jacques Tati
- ☐ b – Marc Riboud
- ☐ c – Robert Doisneau
- ☐ d – Henri-Cartier Bresson

6 Le cinéaste français Christophe Gans auteur et réalisateur du *Pacte des Loups* avait auparavant réalisé un premier film *Crying Freeman*. De quel style de bandes dessinées s'est-il inspiré ?

- ☐ a – Comics
- ☐ b – Western
- ☐ c – Manga
- ☐ d – Space Opéra

7 Quelle danseuse a-t'on surnommée *l'américaine aux pieds nus* ?

- ☐ a – Martha Graham
- ☐ b – Dora Maar
- ☐ c – Isadora Duncan
- ☐ d – Carolyn Carlson

8 Parmi ces réalisateurs de cinéma italien lesquels ont travaillé sur la vie de Casanova ?

- ☐ a – Comencini
- ☐ b – Fellini
- ☐ c – Pasolini
- ☐ d – Sergio Leone
- ☐ e – Dino Risi

9 Quel photographe a réalisé la photographie de la publicité où le créateur Yves Saint Laurent posait nu au début des années 70 ?

- ☐ a – Helmut Newton
- ☐ b – Raymond Depardon
- ☐ c – Jean-Loup Sieff
- ☐ d – Guy Le Querrec
- ☐ e – Sarah Moon

10 Qui était Jean Vilar ?

- ☐ a – un chorégraphe
- ☐ b – un chanteur
- ☐ c – un metteur en scène de cinéma
- ☐ d – un metteur en scène de théâtre

7 • LITTÉRATURE – POÉSIE

1 Associez chaque nom propre au mythe qu'il illustre :

1 – la révolte contre l'ordre aveugle

2 – les liens entre l'enfant et ses parents, tue son père et épouse sa mère

3 – la fidélité conjugale

□ a – ....Pénélope

□ b – ....Oedipe

□ c – ....Antigone

2 Qui a écrit : « Alors que les hommes naissent et meurent depuis un million d'années, ils n'écrivent que depuis six mille ans ».

□ a – Etiemble

□ b – Rousseau

□ c – Voltaire

□ d – Diderot

3 Parmi les poésies suivantes, lesquelles sont d'Henri Michaux ?

□ a – *Qui je fus*

□ b – *Un barbare en Asie*

□ c – *Paroles*

4 Balzac trouve la solution à ses ennuis financiers dans la publication de son œuvre sous forme de roman-feuilleton. Parmi ces œuvres, quelles sont celles qui lui appartiennent :

□ a – *Les Chouans*

□ b – *Le Colonel Chabert*

□ c – *Le Père Goriot*

□ d – *Les Faux-Monnayeurs*

5 Pour son bicentenaire, en 2002, il a rejoint au sein du Panthéon les hommes les plus illustres . Il s'agit de :

□ a – Victor Hugo

□ b – Honoré de Balzac

□ c – Alexandre Dumas

□ d – Émile Zola

6 Gaston Bachelard, philosophe autodidacte scientifique considère que tout écrivain ressent dans la profondeur de l'objet la présence d'un des quatre éléments. De quels éléments s'agit-il ?

□ a – l'eau

□ b – le feu

□ c – le rêve,

□ d – la terre

□ f – l'air

7 Les fabliaux sont :

□ a – des petits récits en vers

□ b – des poèmes chantés

□ c – des poèmes de treize vers sur deux rimes

□ d – des poèmes de neuf vers

8 En littérature, qu'est-ce que l'acrostiche ?

□ a – une figure de style

□ b – un contresens

□ c – un jeu littéraire

□ d – un objet permettant d'accrocher des affiches

9 **François 1er signa, à Villers-Cotterêts en 1539, l'édit qui imposa le français comme langue administrative à la place :**

☐ a – du latin
☐ b – de l'ancien français
☐ c – de la langue d'oc
☐ d – de la langue d'oïl

10 Qu'est-ce qu'un haïku ?

☐ a – une forme fixe de poème, originaire du Japon
☐ b – un rondeau, originaire de Pologne
☐ c – une pastourelle, originaire d'Allemagne
☐ d – un lai, originaire de la poésie celte

8 • VOCABULAIRE – ORTHOGRAPHE – GRAMMAIRE

1 Complétez chaque nom par cet ou cette :

1 – cet
2 – cette
☐ a – ....abîme
☐ b – ....abondance
☐ d – ....azalée
☐ e – ....ébauche
☐ f – ....incendie
☐ g – ....insigne
☐ j – ....ouvrage

2 Accordez le participe passé « fait » :

1 – fait
2 – faite
3 – faits
4 – faites
☐ a – ....Les réserves que j'ai fait.
☐ b – ....Les locataires que j'ai fait venir.
☐ c – ....La lumière que j'ai fait éteindre.
☐ d – ....La veste que nous avons fait nous-mêmes.
☐ e - ....Les papiers qu'on vous a fait remplir.

3 Parmi les adjectifs suivants, quels sont ceux qui ont deux pluriels ?

☐ a – final
☐ b – choral
☐ c – glacial
☐ d – idéal
☐ e – fatal
☐ f – naval
☐ g – banal

4 Ces trois mots - temps, taon et tant - sont des :

☐ a – paronymes
☐ b – synonymes
☐ c – homonymes
☐ d – antonymes

5 Cochez les mots bien orthographiés :

☐ a – imbécillité
☐ b – ekhymose
☐ c – facicule
☐ d – gageure
☐ e – dilemne

6 Parmi les verbes suivants, cochez ceux qui sont bien accentués :

☐ a – apparaitre
☐ b – naitre
☐ c – croitre
☐ d – abimer

7 Cochez les phrases correctes :

☐ a – Il a clôturé la réunion.
☐ b – Il a clos la réunion.
☐ c – Il a décerné ce prix.
☐ d – Il a discerné cet homme dans la foule.

8 Que signifie « pleutre » ?

☐ a – un saule pleureur
☐ b – une personne lâche
☐ c – une personne stupide
☐ d – une personne chétive
☐ e – une personne timide
☐ f – une personne arrogante

9 Donnez la nature de « tout » dans les phrases suivantes :

1 – adverbe
2 – adjectif indéfini
3 – pronom

☐ a – ....Il travaille tout le temps.
☐ b – ....Tout lui sera transmis.
☐ c – ....Il est tout dévoué à sa cause.

10 Associez les verbes suivants à leur temps et à leur mode :

1 – présent de l'indicatif
2 – passé composé de l'indicatif
3 – futur simple de l'indicatif
4 – futur antérieur de l'indicatif
5 – imparfait de l'indicatif
6 – plus que parfait de l'indicatif
7 – passé simple de l'indicatif
8 – passé antérieur de l'indicatif

☐ a – il finit
☐ b – ....vous conclurez
☐ c – ....nous appuyions
☐ d – ....vous aviez réfléchi
☐ e – ....tu auras signalé
☐ f – ....ils admirent
☐ g – ....elle a regardé
☐ h – ....il eut reçu

9 • QUESTIONS À RÉPONSE COURTE

1 *Les avantages de l'euro :*

2 *La différence entre « nation » et « État » :*

3 *Jean Monnet :*

4 *La nomination des membres du Conseil constitutionnel :*

5 *Le premier choc pétrolier :*

Réponses aux questions

1 • INSTRUCTION CIVIQUE – DROIT

1 *b* – 18 ans. En France, le droit de vote a été accordé, depuis 1974, à 18 ans. La loi du 5 juillet 1974 a abaissé la majorité à 18 ans au lieu de 21 ans.

2 *d* – 577. L'Assemblée nationale compte 577 députés : 555 députés pour la métropole et 22 députés pour les DOM-TOM.

3 *c* – le député. Le député est élu au suffrage universel direct à l'occasion des élections législatives. Le sénateur est élu au suffrage universel indirect. Le maire est élu à l'occasion de la première réunion du conseil municipal nouvellement élu. Le ministre est nommé par le président de la République sur proposition du Premier ministre.

4 *b* – 1962. Le Président de la République est élu au suffrage universel direct depuis la loi constitutionnelle du 6 novembre 1962. La modification de la procédure d'élection du président de la République a été proposée par le général de Gaulle aux français par référendum.

5 *c* – 5 ans. Les conseillers prud'homaux sont élus pour un mandat de 5 ans, renouvelable. L'élection a lieu à la représentation proportionnelle suivant la règle de la plus forte moyenne. Les listes sont établies pour chaque conseil de prud'hommes, par section et par collège distinct : employeurs et salariés. Les électeurs votent par collège dans la section à laquelle ils sont rattachés.

6 *c* – Liberté, Égalité, Fraternité. La devise de la République française est *Liberté, Egalité, Fraternité*. Les deux premiers termes sont hérités de la Révolution française de 1789, le troisième de la révolution de 1848.

7 *c* – 13 ans. L'enfant est pénalement responsable à partir de 13 ans et peut donc passer devant le tribunal pour enfant.

8 *c* – au palais de l'Élysée. Le palais de l'Élysée est le lieu de résidence habituel du président de la République. L'hôtel Matignon est le lieu de résidence du Premier ministre. Le palais Bourbon est le siège de l'Assemblée nationale et le palais du Luxembourg celui du Sénat.

9 *c* – 15 États membres. L'Union européenne comprend 15 États membres depuis le 1er janvier 1995 (l'Allemagne, l'Autriche, la Belgique, le Danemark, l'Espagne, la Finlande, la France, l'Irlande, l'Italie, le Luxembourg, les Pays-Bas, le Royaume-Uni, la Grèce, le Portugal et la Suède). Elle en comprendra 25 au 1er mai 2004 (Chypre, l'Estonie, la Hongrie, la Lettonie, la Lituanie, Malte, la Pologne, la République slovaque, la Slovénie et la République tchèque) et 27 en 2007 (la Bulgarie et la Roumanie).

10 *b* – l'abstention. L'abstention est l'absence de vote, volontaire ou non. L'absentéisme désigne le comportement d'une personne souvent absente. L'abstinence représente la privation de certains aliments pour des raisons religieuses ou médicales.

2 • HISTOIRE

1 *c* – Charles de Gaulle. René Coty, président de la République fit appel après l'insurrection du 13 mai 1958 à Alger, à Charles de Gaulle pour succéder à Guy Mollet président du Conseil et former un nouveau gouvernement. La IVe République s'achève officiellement à la fin de 1958, avec le processus de mise en place des nouvelles institutions adoptées par référendum le 28 septembre 1958.

2 *b* – 1912. Le paquebot « Titanic » fut construit par la compagnie britannique White Star Line en 1911. Le Titanic était le plus grand, le plus rapide et le plus luxueux des transatlantiques de l'époque. Réputé insubmersible, il coula lors de son voyage inaugural, de Southampton à New York, dans la nuit du 14 au 15 avril 1912 après avoir heurté un iceberg au sud de Terre-Neuve. Ce naufrage fit plus de 1 600 victimes et seulement 705 survivants. Il fut à l'origine de la signature d'un accord international sur la sécurité en mer en 1913. L'épave du Titanic fut repérée en 1985, par une équipe franco-américaine, immergée par 3 800 m de fond et fut explorée en 1987 par le sous-marin français télécommandé « le Nautile ». Cette catastrophe donna lieu à une adaptation cinématographique réalisée par le cinéaste américain James Cameron en 1998. Ce film obtint 11 oscars.

3 *c* – l'arrière-petit-fils de Louis XIV. En raison de la mort précoce des descendants de Louis XIV, Louis XV (1710-1774) est son arrière-petit-fils. Roi de France de 1723 à 1774. Louis XV, après avoir joui d'une grande popularité qui lui valut le surnom de *Bien-Aimé*, mourut dans le mépris général de son peuple, au terme d'un règne qui avait connu un extraordinaire essor économique et intellectuel.

4 *b* – la France et l'Indochine. Les accords de Genève signés le 20 juillet 1954 mettent fin à la guerre d'Indochine (1946-1954) opposant la France au Viêt-minh dirigé par Hô Chi Minh, dirigeant communiste. La conférence de paix de Genève s'ouvre le 8 mai 1954, le lendemain même de la reddition des Français à Diên Biên Phu. Les accords de Genève organisent la partition du Viêt-nam en deux États distincts séparés par le 17e parallèle, le Viêt-nam du Sud (favorable aux occidentaux) et la République démocratique du Viêt-nam – le Viêt-nam du Nord (État communiste).

5 *b* – des jacqueries. Les jacqueries est le nom donné aux mouvements de révolte des paysans. De nombreuses révoltes paysannes eurent lieu durant le Moyen Âge et sous l'Ancien Régime pour s'opposer à l'impôt, à la bureaucratie royale ainsi qu'aux exactions des troupes militaires. La première jacquerie fut celle des paysans du nord du bassin parisien en 1538. Leur révolte avait été dénommée un « effroi ». Cependant, les nobles donnant aux paysans ou vilains le sobriquet de jacques, le terme jacquerie fut utilisé pour désigner tout soulèvement paysan. La dernière grande jacquerie paysanne, la Grande Peur, toucha tout le royaume en juillet 1789. Comme en 1358, les paysans brûlèrent les châteaux, mais en plus brûlèrent les titres seigneuriaux au nom desquels le seigneur imposait corvées et redevances intolérables. L'abolition - conditionnelle - des privilèges, le 4 août 1789, mit un frein à la révolte paysanne qui ne cessa qu'avec l'abolition effective des droits féodaux, le 17 juillet 1793.

6 *c* – 1792. La Convention, nom de l'Assemblée constituante française qui, du 21 septembre 1792 au 26 octobre 1795, exerça le pouvoir législatif, décrète lors de sa première séance, le 21 septembre, l'abolition de la royauté. Le lendemain, le mot de République apparut sur un procès-verbal marquant ainsi l'an I de la République française.

7 *a* – 52 avant J.-C.. La résistance des Gaulois, fédérés par le chef arverne Vercingétorix (72 av. J.-C.-46 av. J.-C.), contre l'invasion des légions romaines de Jules César, s'achève par la bataille d'Alésia et la reddition de Vercingétorix en 52 avant J.-C.

8 *d* – Valmy. La bataille de Valmy, le 20 septembre 1792, vit la victoire des armées de la Révolution française sur les armées prussiennes. La guerre de Cent Ans se déroule de 1337 à 1453. La bataille de Crécy, le 26 août 1346, et celle d'Azincourt, le 25 octobre 1415, sont des défaites françaises face aux Anglais. La bataille de Castillon, le 17 juillet 1453, est la dernière de cette longue guerre.

9 *c* – 1869. Construit par le vicomte Ferdinand de Lesseps (1805-1894), le canal de Suez est une des grandes voies maritimes du monde : il relie la Méditerranée à la mer Rouge à travers les lacs salés Timsah et Amer. Le canal de Suez, dont les travaux commencèrent en avril 1859, fut inauguré par l'impératrice Eugénie, le 17 novembre 1869.

10 *e* – la Prusse. La guerre de 1870-1871 oppose la France à la totalité des États allemands. Pour la première fois, les États allemands se regroupent sous la conduite de la Prusse de Bismarck contre un ennemi commun. Cette guerre scelle l'unité allemande symbolisée par la proclamation de l'Empire allemand au château de Versailles le 18 janvier 1871. Guillaume 1er, roi de Prusse, devient empereur d'Allemagne. Elle marque aussi la fin du Second empire, le rétablissement de la République et la perte pour la France de l'Alsace-Lorraine.

3 • GÉOGRAPHIE

1 *b et d* – la Syrie et Israël. Le Liban est un état du Proche-Orient, limité au nord et à l'est par la Syrie, au sud par Israël, et bordé à l'ouest par la mer Méditerranée.

2 *a* – près de 1 000 000 ha. En France, la vigne couvre près de 1 000 000 ha. La France est au 1er rang mondial devant l'Italie.

3 *c* – 8 700 km². Plus précisément, la Corse a une superficie de 8682 km².

4 *c* – 50 États. Les États-Unis sont composés de 50 États symbolisés par les 50 étoiles du drapeau américain.

5 *c* – l'océan Pacifique. L'océan Pacifique est le plus grand des océans avec une superficie de 187,7 millions de km² (soit un cinquième de la surface du globe). L'océan Atlantique (Arctique inclus) est le deuxième océan avec 106,4 millions de km² ; l'océan indien est le plus modeste océan du globe avec seulement 75 millions de km².

6 *a 2* – la Seine : 775 km

b 1 – la Garonne : 575 km

c 4 – la Loire : 1 020 km

d 3 – le Rhône : 800 km

7 *c* – 150 millions de km^2. Les terres émergées représentent une superficie d'environ 150 millions de km^2.

8 *c* – 40 000 km. La circonférence de la Terre à l'Équateur est de 40 000 km, au niveau des Tropiques elle est de 37 000 km et 16 000 km au Cercle polaire.

9 *a* – un état indépendant. Le Vatican est le plus petit État souverain du monde (0,44 km^2), enclavé dans la ville de Rome, en Italie. Il comprend la place et la basilique Saint-Pierre, le palais du Vatican. Hors de l'enceinte du Vatican, un certain nombre de bâtiments religieux et civils lui appartenant jouissent de l'extraterritorialité, de même que la résidence d'été du Pape, à Castel Gandolfo, sur les bords du lac d'Albano.

10 *b* – le climat océanique. La France est soumise pour près des 2/3 de son territoire aux influences océaniques. Mais la France connaît aussi un climat méditerranéen au sud et un climat semi continental à l'est.

4 • ÉCONOMIE

1 *c* – 2 500 m^2. Un hypermarché est un magasin, à prédominance alimentaire, exploité en libre-service, sur une surface supérieure à 2 500 m^2.

2 *c* – une prime. L'assuré verse à son assureur une prime d'assurance afin de se couvrir contre certains risques. L'assurance est une opération contractuelle par laquelle l'une des parties, l'assureur, s'engage, moyennant le paiement d'une prime d'assurance par l'assuré, à verser, au profit de ce dernier ou d'un tiers, une prestation en cas de survenance d'un événement économique incertain et dommageable appelé risque.

3 *c* – n'employer pas plus de 10 salariés. En France, un artisan est une personne qui exerce une activité professionnelle de production, de transformation, de réparation ou de

prestation de services, à l'exception de l'agriculture et de la pêche et qui n'emploie pas plus de dix salariés. Le seuil de dix salariés est relatif ; en effet, certaines catégories (conjoints, associés, handicapés, apprentis...) ne sont pas prises en compte. Par ailleurs, le décret du 14 décembre 1995 a mis en place le « droit de suite », qui permet, sous des conditions peu restrictives, aux entreprises inscrites au répertoire des métiers d'y rester sans limitation de durée, même si elles dépassent le seuil de dix salariés. De fait, un certain nombre d'entreprises inscrites dépassent ce seuil de dix salariés, voire celui de vingt.

4 *b* – l'agriculture. L'agriculture a constitué un élément-clé des politiques européennes dès le début de la construction européenne. Le traité de Rome définit les objectifs généraux de la politique agricole commune (PAC). Entrée en vigueur en 1962, la PAC ou l'Europe verte met en œuvre trois principes : l'unité du marché (libre circulation et fixation de prix communs pour certains produits), la préférence communautaire et la solidarité financière.

5 *a 4* – Cambodge : riel

b 3 – Laos : kip

c 1 – Thaïlande : baht

d 2 - Viêt-nam : dong

6 *b* – 1973. Le premier choc pétrolier et le plus connu eut lieu en 1973, lors de la guerre du Kippour, quand les pays du Proche-Orient décidèrent des hausses du prix du brut allant jusqu'à 100 % et l'embargo des livraisons vers certains pays qui soutenaient alors Israël. Ce premier choc pétrolier marque la fin de la période de croissance économique française, ininterrompue depuis 1945 (les Trente Glorieuses).

7 *a 3* – Les bovins sont produits dans toutes les régions de France sauf dans la région méditerranéenne.

b 2 – Les ovins sont produits dans les régions méridionales.

c 1 – Les porcins sont produits principalement en Bretagne (50 % de la production nationale).

8 *a* – libre. En France, le régime général des prix est libre depuis l'ordonnance du 12 janvier 1986 d'Édouard Balladur sur la liberté des prix et de la concurrence.

9 *b* – la France. La France, avec le TGV (train à grande vitesse), est détentrice du record du monde de vitesse sur rail avec 515,3 km/h, établi le 16 mai 1990.

10 *c* – l'étude du marché pour connaître les besoins. Le marketing est l'ensemble des techniques et des méthodes mises en œuvre par une entreprise pour exercer son activité commerciale et l'orienter en fonction des besoins. Le marketing comprend notamment l'étude de marché, la publicité, la promotion, la distribution, le marchandisage, la vente.

5 • SCULPTURE – ARCHITECTURE – PEINTURE – MUSIQUE

1 *c* – Vassili Kandinsky. Kandinsky (1866-1943) rédige en 1912 *Du spirituel dans l'art, et dans la peinture en particulier* où il pose les bases de sa théorie des couleurs et du langage des formes.

2 *c* – Andy Warhol. Après avoir travaillé dans les années cinquante à New York pour les magasines Vogue et Harper's Bazaar, Andy Wharol (1928-1987) réalisa en 1962 les sérigraphies sur Marilyn Monroe et les soupes Campbell.

3 *c* – Venise. Le miroir tel que nous le connaissons a été inventé à Venise au XVIe siècle. Un amalgame d'étain et de mercure était utilisé pour composer la fine feuille de métal qui était placée derrière une plaque de verre.

4 *b* – New-York. Le rap a vu le jour au début des années 1970 lorsqu'un disc Jockey, originaire de Kingston en Jamaïque, est venu s'installer à New York dans le quartier sud du Bronx.

5 *c* – Stravinski. *L'oiseau de feu* est la première composition de Stravinski (1882-1971) pour Diaghilev à Paris en 1910.

6 *b* – XVIIe siècle. Georges de la Tour est un peintre du XVIIe siècle (1593-1652). Parmi ses nombreuses œuvres, *la Madeleine pénitente* est conservée au musée du Louvre.

7 ***b et d*** – Léonard de Vinci et Le Corrège. Ce furent Léonard de Vinci (1452-1519) puis Antonio Allegri, dit Le Corrège (1489-1534), qui utilisèrent cette technique de représentation adoucie à la Renaissance.

8 *b* – David Hockney. David Hockney (né en 1937) fait partie du mouvement du Pop Art qui débuta dans les années 1950 en Angleterre et continua aux États-Unis dans les années 1960. Il centre son intérêt sur les produits de consommation, les bandes dessinées ou la publicité.

9 *b* – Eugène Viollet-Le-Duc. Eugène Viollet-Le-Duc (1814-1879) dessina et érigea et restaura plusieurs gargouilles de Notre Dame de Paris en 1845.

10 *b* – Le Corbusier. Architecte français d'origine Suisse, Le Corbusier (1887-1965) s'inspire de l'esthétique fonctionnelle des machines. Il présente en avril 1947 Le Modulor un système de mesure basé sur les proportions du corps humain mis au point à partir de 1943.

6 • CINÉMA – TÉLÉVISION – THÉÂTRE – PHOTOGRAPHIE

1 *b* – *Toy Story*. Il fut réalisé en 1996 par la société Pixar et les studios Walt Disney Production.

2 *b et d* – *Ushuaïa* et *Des racines et des ailes*. Le mot *sitcom* est la contraction des mots situation et comédie avec des rires pré-enregistrés. Ce type d'émissions ne correspond pas à des séries de documentaires ou de reportages.

3 *c* – Bernard Pivot. Il fut le présentateur de l'émission d'Antenne 2 *Apostrophes*, consacrée à la littérature, qui fut diffusée à partir de janvier 1975. Cette émission s'arrêtera en 1990, mais Bernard Pivot créera alors *Bouillon de culture*, qu'il anime encore aujourd'hui.

4 *c* – *Amen*. Le film *Amen* est sorti en France le 28 février 2002.

5 *c* – Robert Doisneau. Robert Doisneau (1913-1994) a pris la célèbre photographie le *Baiser de l'hôtel de ville* en 1950 à Paris.

6 *c* – Manga. C'est en 1991 que Christopher Gans découvre le manga *Crying Freeman* et décide de l'adapter au cinéma.

7 *c* – Isadora Duncan. Isadora Duncan (1878-1927) est née à San-Francisco, elle arrive à Paris en 1900. Elle rejette les contraintes de la technique classique, elle prône la danse libre et ouvre la voie à la *modern dance américaine*. Isadora Duncan meurt à Nice, étranglée par son écharpe accrochée à la roue de sa propre voiture.

8 *a et b* – Comencini et Fellini. Comencini (né en 1916) a réalisé *Casanova, un adolescent à Venise* en 1969 et Fellini (1920-1993) son *Casanova* en 1976.

9 *c* – Jean-Loup Sieff. Jean-Loup Sieff (1933-2000) a pris en 1971 cette célèbre photographie.

10 *d* – un metteur en scène de théâtre. Jean Vilar (1912-1971) était un metteur en scène de théâtre. En 1947 il fonda le Festival d'Avignon. En 1951, il fut nommé à la tête du Théâtre National Populaire. Son objectif était de faire venir à Chaillot un public populaire.

7 • LITTÉRATURE – POÉSIE

1 *a 3* – Pénélope représente la fidélité conjugale. Pénélope, femme d'Ulysse. Pendant les 20 années de l'absence d'Ulysse, elle repousse les demandes pressantes de ses prétendants. Elle leur promet de choisir l'un d'entre eux quand elle aura fini de tisser le linceul de son beau-père mais elle défait la nuit l'ouvrage qu'elle a tissé le jour.

b 2 – Œdipe représente les liens entre l'enfant et ses parents. Il tue son père et épouse sa mère.

c 1– Antigone représente la révolte contre l'ordre aveugle. Elle est le fruit de l'inceste d'Œdipe avec sa mère Jocaste. Elle incarne le dévouement poussé au sacrifice, la conscience morale contre la raison d'Etat.

2 *a* – Etiemble. René Etiemble (1909-2002) est célèbre par sa défense de la langue française menacé par le « *babelien* » d'origine nord-américaine. Il est l'auteur de l'illustre *Parlez-vous franglais ?* (1969)

3 *a et b* – *Qui je fus* et *Un barbare en Asie*. Les 2 poésies , *Qui je fus* (1927) et *Un barbare en Asie* (1933,) sont d'Henri Michaux (1899-1984). *Paroles* est de Jacques Prévert (1900-1977)

4 *a, b et c* – *Le Père Goriot*, *Le Colonel Chabert* et *Les Chouans*. Honoré de Balzac (1799-1850) a écrit *Le Père Goriot* (1835), *Le colonel Chabert* (1832) et *Les Chouans* (1829). Le roman *Les Faux-Monnayeurs* (1925) est d'André Gide (1869-1951).

5 *c* – Alexandre Dumas. Alexandre Dumas (1802-1870), écrivain célèbre, dont les principaux romans sont *Les trois mousquetaires*, *Une fille du régent*, *Le Comte de Monte Cristo*.

6 *a, b, d et f* – l'eau, le feu, la terre et l'air. L'épistémologue Gaston Bachelard (1884-1962) procède à la manière des philosophes de l'antiquité. Il s'est efforcé de classer les rêves et les mythes fondamentaux de l'humanité à partir de quatre éléments : l'eau, le feu, la terre et l'air.

7 *a* – des petits récits en vers. Le fabliau est une forme poétique médiévale. Il s'agit d'un texte narratif, bref, à rimes plates, généralement écrit en octosyllabes. Il raconte une histoire amusante, triviale et met en scène des personnages qui étaient à l'opposé de la littérature courtoise.

8 *c* – un jeu littéraire. L'acrostiche est un poème dans lequel les premières lettres, de chaque vers, lues verticalement composent un mot clé : le titre du poème, un nom évocateur, le nom de l'auteur…

9 *a* – du latin. François 1er (1494-1547) signa l'édit qui imposa le français comme langue administrative, à la place du latin, à Villers-Cotterêts en 1539. Dans le même édit, il oblige chaque paroisse à tenir un registre des naissances. C'est le début de l'état civil.

10 *a* – une forme fixe de poème, originaire du japon. Le haïku est limité à 17 syllabes réparties en trois vers (5-7-5). Le rondeau est une forme poétique dont les caractéristiques essentielles sont la brièveté, l'importance du refrain et surtout une forme circulaire : les vers initiaux sont repris partiellement ou intégralement au milieu du poème. La pastourelle est une forme poétique de la langue d'oïl (Picardie) qui comprend une alternance de couplets et de refrains accompagnée d'une mélodie. Elle raconte la séduction d'une bergère par un chevalier. Le lai est une suite de 12 strophes qui diffèrent entre elles par le mètre, les rimes, le nombre de vers, sauf la première et la dernière qui sont identiques.

8 • VOCABULAIRE – ORTHOGRAPHE – GRAMMAIRE

1 *a 1* – cet abîme

b 2 – cette abondance

d 2 – cette azalée

e 2 – cette ébauche

f 1 – cet incendie

g 1 – cet insigne

j 1 – cet ouvrage

Règle : « cet » s'emploie devant les noms masculins commençant par une voyelle ou un h muet.

2 *a 4* – faites

b 3 – faits

c 1– fait

d 2 – faite

e 1 – fait

Règle : le participe passé suivi d'un infinitif :

– s'accorde avec le complément d'objet direct (COD) si celui-ci fait l'action de l'infinitif (sens actif) ;

– reste invariable si le complément d'objet direct (COD) ne fait pas l'action de l'infinitif (sens passif).

Le participe passé fait suivi d'un infinitif est invariable (ex : *les lunettes que j'ai fait réparer par l'opticien sont cassées de nouveau*).

3 *a* – finals ou finaux

c – glacials ou glaciaux

d – idéals ou idéaux

g – banals ou banaux

Règle : la plupart des adjectifs terminés par al font leur pluriel en als ou aux. Certains adjectifs possèdent deux pluriels : austral, boréal, causal, choral, facial, final, glacial, idéal, marial, pascal.

4 *c* – homonymes. Ces trois noms sont des homonymes, ils ont la même prononciation avec des sens différents et des orthographes différentes.

5 ***a et d*** – imbécillité et gageure.

Il fallait écrire pour les autres mots :

b – ecchymose

c – fascicule

e – dilemme

6 *Aucune réponse correcte.*

Il aurait fallu orthographier les mots de la façon suivante :

a – apparaître

b – naître

c – croître

d – abîmer

Règle : les verbes terminés en *ître* prennent un accent circonflexe sur le *i* quand celui-ci est placé devant un *t*.
Le verbe abîmer et le nom abîme prennent un accent sur le î.

7 *a* – Il a clôturé la réunion.

b – Il a clos la réunion.

c - il a décerné ce prix. (= il l'a attribué)

d - il a discerné cet homme dans la foule. (= il l'a aperçu)

clore = fermer, entourer d'une clôture ou arrêter, mettre un terme à.

clôturer = entourer d'une clôture. Ce sens de clôturer était le seul autrefois admis. Cependant, clore étant défectif, clôturer s'est progressivement substitué à lui partout où les formes conjuguées étaient absentes. Cet emploi est si répandu qu'il n'est plus possible de le tenir pour une faute.

8 *b* - une personne lâche

9 *a 2* – Il travaille tout le temps. (tout : adjectif indéfini)

b 3 – Tout lui sera transmis. (tout : pronom)

c 1 – Il est tout dévoué à sa cause. (tout : adverbe)

10 *a 1* – il finit : présent de l'indicatif

b 3 – vous conclurez : futur simple de l'indicatif

c 5 – nous appuyions : imparfait de l'indicatif

d 6 – vous aviez réfléchi : plus que parfait de l'indicatif *e 4* – tu auras signalé : futur antérieur de l'indicatif

f 7 – ils admirent : passé simple de l'indicatif

g 2 – elle a regardé : passé composé de l'indicatif

h 8 – il eut reçu : passé antérieur de l'indicatif

9 • QUESTIONS À RÉPONSE COURTE

1) La création d'une monnaie unique européenne, l'euro, par 12 des 15 États membres de l'Union européenne procure, outre le renforcement du sentiment d'appartenir à une union, trois séries d'avantages :

– la suppression des coûts de conversion entre les devises entraînant ainsi pour les entreprises et les particuliers des économies ;

– la possibilité de favoriser la coordination des politiques économiques budgétaires des pays ayant adoptés l'euro ;

– la possibilité de concurrencer la suprématie du dollar dans les échanges internationaux.

2) Une nation est une communauté humaine - ayant souvent la même origine, le même passé, les mêmes coutumes, une même langue – vivant depuis des générations sur un même territoire et soumise à la même autorité, aux mêmes règles. La nation représente le degré le plus élevé dans l'échelle des groupements humains. L'État est une personne morale de droit public disposant d'un pouvoir souverain institutionnalisé s'exerçant sur une nation qui lui a conféré ce pouvoir. L'État personnifie juridiquement la nation. L'État et la nation sont des notions complémentaires qui se situent sur 2 plans différents : le plan des réalités humaines (le patriotisme, le nationalisme…) pour la nation et le plan des réalités juridiques (les institutions, les lois…) pour l'État.

3) Jean Monnet, économiste et homme politique français (1888-1979), fut, de 1919 à 1923, Secrétaire général adjoint de la SDN (Société des Nations). En 1943, il entre au Comité français de libération nationale et fut à l'origine du premier plan de modernisation et d'équipement qui permit à la France de remettre en route son économie. Fervent partisan de l'unité européenne, c'est lui qui inspira à Robert Schuman, en 1950, l'idée de la Communauté européenne du charbon et de l'acier (CECA) dont il fut le premier président (de 1952 à 1955). Il préside, jusqu'en 1975, le Comité d'action pour les États-Unis d'Europe, qu'il avait lui-même fondé. Surnommé le « père de l'Europe », ses cendres ont été transférées au Panthéon en 1988.

4) Le Conseil constitutionnel est composé de membres nommés et de membres de droit. Les membres nommés sont au nombre de 9. Le président de la République en désigne 3, le président de l'Assemblée nationale 3 et le président du Sénat 3. La durée du mandat est de 9 ans non renouvelable. Ils sont renouvelables par tiers tous les 3 ans, chaque autorité en désignant un. Avant leur entrée en fonction, ils doivent prêter serment devant le président de la République. Le président du Conseil constitutionnel est nommé, en principe pour 9 ans, par le président de la République. Les membres du Conseil sont irrévocables, ils ne peuvent être démis que sur leur demande (démission) ou sur décision du Conseil. Les membres de droit sont les anciens présidents de la République. Ils sont membres de droit et à vie sans qu'il y ait obligation pour eux d'y siéger.

5) L'OPEP (Organisation des pays exportateurs de pétrole) fut créée en 1960 par le Venezuela et plusieurs pays du Moyen-Orient dans le dessein de contrôler eux-mêmes les prix du pétrole. Au-delà du contrôle des prix du pétrole, l'OPEP, dominée par les pays du Moyen-Orient, adopta, à partir des années 1970, un comportement de plus en plus militant ce qui amena les deux chocs pétroliers. Le premier, le plus connu, eu lieu en 1973, lors de la guerre du Kippour, quand les pays du Proche-Orient décidèrent des hausses du prix du brut allant jusqu'à 100 % et l'embargo des livraisons vers certains pays qui soutenaient alors Israël. En France, le choc pétrolier de 1973 a mis fin à la période de croissance économique appelée « les Trente Glorieuses ». Le pays entre dans la crise, qui se caractérise, dans un premier temps, par une inflation importante, puis par une spectaculaire et dramatique montée du chômage.
Le second choc pétrolier survint en 1979. Entre 1973 et 1980, le prix du pétrole fut ainsi multiplié par dix.

Grille d'évaluation

Le total de points par test est de 100 points :

1 point par QCM : 80 QCM à 1 point = 80 points.

4 points par QRC : 5 QRC à 4 points = 20 points.

Moins de 35 points : niveau faible, une révision des connaissances de base s'impose, la pratique des tests de culture générale devrait vous aider dans ce sens.

De 35 à 45 points : niveau encore insuffisant, les bases sont fragiles et incomplètes, la technique des QCM n'est peut-être pas encore bien comprise.

De 45 à 55 points : niveau moyen, les bases sont dans l'ensemble assimilées, mais il faut absolument progresser afin justement de sortir de la moyenne des candidats.

De 55 à 75 points : niveau bon, quelques carences ponctuelles, les connaissances peuvent être encore renforcées par l'entraînement et des erreurs sont peut-être encore dues à une maîtrise imparfaite de la technique des QCM.

De 75 à 100 points : excellent niveau.

Niveau 1 – Test 1	*Total des points obtenus*
Instruction civique, Droit	… / 10
Histoire	… / 10
Géographie	… / 10
Économie	… / 10
Sculpture, Architecture, Peinture, Musique	… / 10
Cinéma,Télévision, Théâtre, Photographie	… / 10
Littérature, Poésie	… / 10
Vocabulaire, Orthographe, Grammaire	… / 10
Questions à Réponse Courte	… / 20
Total général	***… / 100***

Pour obtenir la note sur 20 :

$$\frac{\boxed{\ldots\ldots\ldots}}{5} = \ldots / 20$$

TEST 2

1 • INSTRUCTION CIVIQUE – DROIT

1 L'élection des députés s'appelle :
- ☐ a – les élections générales
- ☐ b – les élections législatives
- ☐ c – les élections nationales
- ☐ d – les élections cantonales

2 La durée du mandat présidentiel est de :
- ☐ a – 4 ans
- ☐ b – 5 ans
- ☐ c – 7 ans
- ☐ d – 9 ans

3 La consultation de l'ensemble des citoyens par le président de la République s'appelle :
- ☐ a – un plébiscite
- ☐ b – un référendum
- ☐ c – une consultation nationale

4 Que porte Marianne sur la tête qui symbolise la liberté ?
- ☐ a – une colombe
- ☐ b – un bonnet phrygien
- ☐ c – une cocarde tricolore

5 La plus petite division administrative est :
- ☐ a – le département
- ☐ b – l'arrondissement
- ☐ c – la commune
- ☐ d – le canton

6 La juridiction compétente en matière de délits est :
- ☐ a – la Cour d'assises
- ☐ b – le tribunal de grande instance
- ☐ c – le tribunal correctionnel
- ☐ d – le tribunal de police

7 Le siège du Parlement européen est situé :
- ☐ a – à Francfort
- ☐ b – à Bruxelles
- ☐ c – à Strasbourg
- ☐ d – à Luxembourg

8 Le président du conseil général est élu :
- ☐ a – pour une durée d'un an
- ☐ b – pour 3 ans
- ☐ c – pour la durée de son mandat

9 **Le Parlement est composé :**

- ☐ a – d'une Chambre des députés et d'une Chambre des sénateurs
- ☐ b – d'une Assemblée nationale et d'une assemblée républicaine
- ☐ c – d'une Assemblée nationale et d'un Sénat
- ☐ d – d'une Chambre de députés et d'un Sénat

10 **Lorsque le tribunal d'instance juge en matière pénale, il prend le nom de :**

- ☐ a – tribunal pénal
- ☐ b – tribunal de police
- ☐ c – tribunal de grande instance
- ☐ d – tribunal des délits

2 • HISTOIRE

1 **Le traité sur l'Union européenne est entré en vigueur le :**

- ☐ a – 1er janvier 1990
- ☐ b – 1er juillet 1993
- ☐ c – 1er novembre 1993
- ☐ d – 1er juin 1995

2 **En 1789, les députés du Tiers État prêtent un serment resté célèbre dans l'histoire sous le nom :**

- ☐ a – serment du Jeu de balle
- ☐ b – serment du Jeu de quille
- ☐ c – serment du Jeu de paume
- ☐ d – serment du Jeu de billard

3 **À la chute du premier Empire, qui revient sur le trône de France ?**

- ☐ a – Louis-Philippe
- ☐ b – Louis XVII
- ☐ c – Louis XVIII
- ☐ d – Charles X

4 **Quel révolutionnaire français appelait-on « l'Incorruptible » ?**

- ☐ a – Saint-Just
- ☐ b – Danton
- ☐ c – Robespierre
- ☐ d – Marat

5 **Dreyfus fut accusé de :**

- ☐ a – corruption
- ☐ b – trahison
- ☐ c – collaboration

6 **L'Académie française a été créée sous :**

- ☐ a – Louis XIII
- ☐ b – Louis XIV
- ☐ c – Louis XVI
- ☐ d – Napoléon 1er

7 **Le débarquement des Alliés en Normandie a eu lieu le :**

- ☐ a – 6 juin 1943
- ☐ b – 6 juin 1944
- ☐ c – 6 juin 1945

8 La France achète, en 1768, à la république de Gènes :
- ☐ a – le conté de Nice
- ☐ b – l'île de Malte
- ☐ c – la Corse

9 *La Marseillaise* fut composée dans la nuit du 25 au 26 avril 1792 par Rouget de Lisle, alors officier du génie, en poste à :
- ☐ a – Strasbourg
- ☐ b – Marseille
- ☐ c – Paris

10 Quelle femme célèbre portait le nom de Jeanne Antoinette Poisson ?
- ☐ a – Mme de Maintenon
- ☐ b – Mme du Barry
- ☐ c – Mme de Montespan
- ☐ d – Mme de Pompadour
- ☐ e – Mme de Sévigné

3 • GÉOGRAPHIE

1 Le jour le plus long de l'année dans l'hémisphère Nord est :
- ☐ a – le 21 mars
- ☐ b – le 21 mai
- ☐ c – le 21 juin
- ☐ d – le 21 juillet

2 Les mers et les océans recouvrent :
- ☐ a – 50 % de la superficie du globe
- ☐ b – 60 % de la superficie du globe
- ☐ c – 70 % de la superficie du globe
- ☐ d – 80 % de la superficie du globe

3 La Gironde est le nom donné à l'estuaire commun formé par :
- ☐ a – la Garonne et le Lot
- ☐ b – la Garonne et la Durance
- ☐ c – la Garonne et le Tarn
- ☐ d – la Garonne et la Dordogne

4 Le plus long fleuve d'Europe est :
- ☐ a – la Loire
- ☐ b – le Danube
- ☐ c – la Volga
- ☐ d – le Rhin

5 Le port d'Odessa est situé sur les côtes de :
- ☐ a – la mer d'Aral
- ☐ b – la mer Caspienne
- ☐ c – la mer Blanche
- ☐ d – la mer Noire

6 Lors du dernier recensement de 1999, la France comptait :
- ☐ a – 55 millions d'habitants
- ☐ b – 58 millions d'habitants
- ☐ c – 60 millions d'habitants
- ☐ d – 65 millions d'habitants

7 Associez à chaque région la ville qui lui appartient :

1 – Amiens
2 – Bordeaux
3 – Clermont-Ferrand
4 – Dijon
5 – Montpellier
6 – Reims

- ☐ a – ....l'Aquitaine
- ☐ b – ....l'Auvergne
- ☐ c – ....la Bourgogne
- ☐ d – ....la Champagne-Ardenne
- ☐ e – ....le Languedoc-Roussillon
- ☐ f – ....la Picardie

8 L'Angleterre est séparée du Danemark par :

- ☐ a – la mer Blanche
- ☐ b – la Manche
- ☐ c – la mer du Nord
- ☐ d – la mer Baltique

9 La Terre Adélie se trouve :

- ☐ a – dans l'Arctique
- ☐ b – près de l'équateur
- ☐ c – dans l'Antarctique

10 L'Afrique est bordée par :

- ☐ a – l'océan Indien
- ☐ b – l'océan Pacifique
- ☐ c – l'océan Atlantique

4 • ÉCONOMIE

1 Le sigle PME signifie :

- ☐ a – Production mondiale énergétique
- ☐ b – Politique monétaire européenne
- ☐ c – Petites et moyennes entreprises
- ☐ d – Porte-monnaie électronique

2 Le sigle VPC signifie :

- ☐ a – Vote par correspondance
- ☐ b – Vendeurs, placiers, commerciaux
- ☐ c – Vente par crédit
- ☐ d – Vente par correspondance

3 La TVA est :

- ☐ a – une contribution directe
- ☐ b – une contribution indirecte
- ☐ c – une taxe dite « professionnelle »

4 Dans la France de 2002, le pourcentage des ménages ayant au moins une voiture était de :

- ☐ a – 60 %
- ☐ b – 70 %
- ☐ c – 80 %
- ☐ d – 90 %

5 Dans le cas où quelques entreprises dominent le marché, on dit qu'il y a une situation :

- ☐ a – de monopole
- ☐ b – de concurrence
- ☐ c – d'oligopole

6 Associez à chaque profession son type de rémunération :

1 – un cachet
2 – des honoraires
3 – une solde
4 – un traitement

☐ a – ....un fonctionnaire
☐ b – ....un avocat
☐ c – ....un artiste
☐ d – ....un militaire

7 En France, le premier hypermarché a ouvert ses portes en :

☐ a – 1947
☐ b – 1957
☐ c – 1963
☐ d – 1972

8 La céréale la plus produite dans le monde est :

☐ a – le riz
☐ b – le blé
☐ c – le maïs

9 La valeur d'un euro en francs est de :

☐ a – 5,55957
☐ b – 5,95755
☐ c – 6,55957
☐ d – 6,95755

10 Le PIB est :

☐ a – le produit immobilier brut
☐ b – le profit initial brut
☐ c – le produit intérieur brut
☐ d – le produit imposé brut

5 • SCULPTURE – ARCHITECTURE – PEINTURE – MUSIQUE

1 En quelle année furent découvertes les grottes de Lascaux ?

☐ a – 1938
☐ b – 1940
☐ c – 1945
☐ d – 1955

2 Qui est l'auteur du tableau *Gilles à l'orée du bois* exposé au Louvre ?

☐ a – Jean-Baptiste Corot
☐ b – Vincent Van Gogh
☐ c – Alberto Giacometti
☐ d – Jean Antoine Watteau

3 La tapisserie *la Dame à la Licorne* est conservée au :

☐ a – Château de Chambord
☐ b – Château d'Ecouen
☐ c – Musée de Cluny
☐ d – Musée du Louvre

4 Le premier conservateur du département des antiquités égyptiennes du Louvre fut :

☐ a – Gaston Maspero
☐ b – Jean-François Champollion
☐ c – Auguste-Edouard Mariette
☐ d – Jean Capart

5 Dans quelle ville la célèbre collectionneuse d'œuvres d'art Peggy Guggenheim créa une collection dédiée à l'art moderne du XXe siècle ?

- ☐ a – Venise
- ☐ b – Berlin
- ☐ c – San Francisco
- ☐ d – Bilbao

6 Quel sculpteur a été refusé par trois fois au concours d'entrée à l'école des Beaux-Arts ?

- ☐ a – Bourdelle
- ☐ b – Rodin
- ☐ c – Carpeaux
- ☐ d – Camille Claudel
- ☐ e – Maillol

7 Qu'est-ce que l'Art Brut ?

- ☐ a – un art qui est né en marge des courants officiels
- ☐ b – un travail en dehors du système de formation des Beaux-Arts
- ☐ c – des œuvres réalisées à partir de matériaux de construction

8 Quel guitariste d'origine tzigane a très souvent joué en compagnie du violoniste Stéphane Grapelli ?

- ☐ a – Sacha Distel
- ☐ b – Paco Ibanez
- ☐ c – Django Reinhardt
- ☐ d – Heitor Villa-Lobos

9 Quel peintre de personnages à forte corpulence a eu une exposition de sculptures sur les Champs Elysées ?

- ☐ a – Niki de Saint-Phalle
- ☐ b – Fernando Botero
- ☐ c – Alberto Giacometti
- ☐ d – Alexandre Fassianos

10 Quel chanteur de pop-music a créé le personnage de Major Tom dans un de ses disques ?

- ☐ a – Lou Reed
- ☐ b – David Bowie
- ☐ c – John Lennon
- ☐ d – Iggy Pop
- ☐ e – Elvis Presley

6 • CINÉMA – TÉLÉVISION – THÉÂTRE – PHOTOGRAPHIE

1 Quel affichiste se rendit célèbre à la fin du XIXe siècle grâce au monde du *Cancan* ?

- ☐ a – Vincent Van Gogh
- ☐ b – Paul Gauguin
- ☐ c – Maurice Utrillo
- ☐ d – Henri de Toulouse-Lautrec

2 Quel photographe réalisa les décors et les costumes du film *My Fair Lady* de Georges Cuckor ?

- ☐ a – Richard Avedon
- ☐ b – Cécil Beaton
- ☐ c – Helmut Newton

3 **Où fut créé le premier grand festival français de la bande dessinée dans les années 70 ?**

- ☐ a – Annecy
- ☐ b – Montreux
- ☐ c – La Rochelle
- ☐ d – Angoulême

4 **Quel jazzman a conduit une automobile sur le lac Salé pour la publicité d'une marque française ?**

- ☐ a – Louis Amstrong
- ☐ b – Ray Charles
- ☐ c – Count Basie
- ☐ d – Duke Ellington
- ☐ e – Gilbert Montagné

5 **Le *net-art* est un terme qui désigne :**

- ☐ a – des œuvres caractérisées par la simplicité des aplats de couleurs primaires utilisés
- ☐ b – la composition de sculptures basée sur l'utilisation de cubes
- ☐ c – un mouvement de création utilisant un réseau et notamment l'Internet comme support d'expression
- ☐ d – l'utilisation de fines lignes de détourage en défonce blanche sur des portraits photographiques flous

6 **Dans quel film Tom Hanks joue le rôle d'un simple d'esprit engagé dans la guerre du Vietnam ?**

- ☐ a – *La ligne verte*
- ☐ b – *Il faut sauver le soldat Ryan*
- ☐ c – *Forrest Gump*
- ☐ d – *Apocalypse now*

7 **Quel film de long métrage n'a pas été l'adaptation d'une série télévisée ou d'une bande dessinée ?**

- ☐ a – *Zorro*
- ☐ b – *Mission impossible*
- ☐ c – *X-men*
- ☐ d – *Stargate*
- ☐ e – *Star Trek*

8 **Quel artiste de cinéma, illusionniste et magicien a crée des studios de cinéma à Montreuil ?**

- ☐ a – Robert Houdin
- ☐ b – Fritz Lang
- ☐ c – Georges Méliès
- ☐ d – Jean Cocteau
- ☐ e – Henri Alekan

9 **Pour les anglo-saxons la *French touch* signifie :**

- ☐ a – une technique de passe d'arme en escrime
- ☐ b – une méthode de programmation particulière en informatique
- ☐ c – un style de création artistique propre à l'esprit français

10 **Quelle chanteuse française, bien avant *Star Academy* et *Pop Star*, recevait de jeunes talents dans son émission de télévision ?**

- ☐ a – Denise Glaser
- ☐ b – Mireille
- ☐ c – Catherine Langeais
- ☐ d – Danièle Gilbert

7 • LITTÉRATURE – POÉSIE

1 **L'auteur des poèmes *Placard pour un chemin des écoliers* (1927), publié en 1933, les a dédiés aux enfants victimes de la guerre civile espagnole. Il s'agit de :**

- ☐ a – René Char
- ☐ b – Jacques Prévert
- ☐ c – Federico García Lorca

2 **L'épitaphe est un court poème que l'on écrit :**

- ☐ a – lors de la remise d'un prix littéraire
- ☐ b – lors de la remise d'une décoration militaire
- ☐ c – en l'honneur d'un défunt

3 **Qu'est-ce qu'un paradoxe ?**

- ☐ a – une idée qui surprend parce qu'elle est en contradiction avec ce qui est habituellement admis
- ☐ b – une incorrection
- ☐ c – un contresens
- ☐ d – un parallèle entre deux idées

4 **La littérature fantastique se développe en Europe dès la fin du XVIIIe siècle avec les romans appelés gothiques *Le moine de Lewis* (1796) et *Frankenstein* de Mary Shelley (1818). En France, cette littérature s'affirme avec :**

- ☐ a – Charles Nodier
- ☐ b – Barbey d'Aurevilly
- ☐ c – Guy de Maupassant
- ☐ d – Villiers de l'Isle Adam

5 **Le traité de Rastatt, document juridique international, signé le 6 mars 1714 entre la France et l'Empire britannique, fut rédigé :**

- ☐ a – en latin
- ☐ b – en français
- ☐ c – en ancien français
- ☐ d – en anglais

6 **Le libertinage désigne :**

- ☐ a – des moeurs dissolues
- ☐ b – une attitude intellectuelle et une vision du monde
- ☐ c – un esprit libre qui s'est affranchi des superstitions
- ☐ d – un mariage où chacun des époux fait ce qu'il veut

7 **Qu'est-ce qu'un roman à tiroirs ?**

- ☐ a – un roman de la série X
- ☐ b – un roman qui contient une histoire comique et une histoire tragique
- ☐ c – un roman où le récit d'une histoire est interrompu par des récits secondaires
- ☐ d – un roman bas de gamme, de qualité médiocre

8 **Le mythe de Don Juan est un mythe qui nous vient :**

- ☐ a – de l'antiquité
- ☐ b – d'un moine espagnol
- ☐ c – de Charles-Quint
- ☐ d – d'un poète courtois

9 Le roman réaliste met en scène sur un fond historique précis des personnages de tous les milieux, de toutes les classes sociales avec une prédilection pour les personnages issus des basses classes. Quels sont les romans qui appartiennent à ce genre littéraire ?

- ☐ a – *Le Rouge et le noir*
- ☐ b – *Une vie*
- ☐ c – *L'éducation sentimentale*
- ☐ d – *Les caractères*

10 Qu'est-ce que la gauloiserie dont Rabelais aussi bien que Molière, Diderot et Céline ont émaillé leurs écrits?

- ☐ a – des plaisanteries et propos obscènes
- ☐ b – une forme d'esprit populaire caractérisée par son rire franc
- ☐ c – des poésies celtes
- ☐ d – des proverbes gaulois

8 • VOCABULAIRE – ORTHOGRAPHE – GRAMMAIRE

1 Associez chaque nom avec son article :

1 – une
2 – un

- ☐ a – ....alvéole
- ☐ b – ....après-midi
- ☐ c – ....automne
- ☐ d – ....effluve
- ☐ e – ....HLM
- ☐ f – ....interview

2 Cochez les adjectifs bien accordés :

- ☐ a – des ballons bleus
- ☐ b – des chaussures marrons
- ☐ c – des lumières oranges
- ☐ d – des livres bleu outremer
- ☐ e – des fleurs mauves
- ☐ f – des voitures jaunes citron

3 Quelle est la fonction de *on* dans la phrase suivante : on n'entend pas les oiseaux chanter.

- ☐ a – sujet de verbe entendre
- ☐ b – adjectif indéfini
- ☐ c – attribut du sujet
- ☐ d – complément d'objet direct

4 Associez le suffixe à son sens :

1 – qui domine le monde
2 – regarder
3 – transmission des sons
4 – qui tue
5 – ami

- ☐ a – ....cide
- ☐ b – ....phile
- ☐ c – ....scope
- ☐ d – ....phone
- ☐ e – ....crate

5 Cochez, dans chaque série, le ou les mots correctement orthographiés :

□ a – schéma □ b – shéma □ c – chéma	□ d – ociller □ e – ossiller □ f – osciller
□ g – conciense □ h – conscience □ i – consience	□ j – prédéssesseur □ k – prédécesseur □ l – prédéceceur
□ m – for intérieur □ n – fort intérieur □ o – faure intérieur	□ p – satire □ q – satyre □ r – satirre

6 Attribuer à chacun des verbes suivants le complément qui vous paraîtra le mieux convenir :

1 – du bien
2 – des bûches
3 – des pierres
4 – des preuves
5 – les mathématiques
6 – une langue étrangère
7 – le plan d'une maison

□ a – ....entasser
□ b – ....amasser
□ c – ....accumuler
□ d – ....empiler
□ e – ....entendre
□ f – ....concevoir
□ g – ....comprendre

7 Cochez les verbes à la 1re personne du singulier du présent de l'indicatif qui sont bien orthographiés :

geindre	□ a – je geins	□ b – je geinds
mourir	□ c – je meurs	□ d – je meurts
craindre	□ e – je crainds	□ f – je crains
prévoir	□ g – je prévois	□ h – je prévoits
croire	□ i – je crois	□ j – je croies
payer	□ k – je paie	□ l – je paye
finir	□ m – je finie	□ n – je finis
sourire	□ o – je souris	□ p – je souri
résoudre	□ q – je résouds	□ r – je résous
vaincre	□ s – je vains	□ t – je vaincs

8 Accordez les participes passés, en italique, en les associant aux solutions exactes :

1 – t
2 – te
3 – ts
4 – tes

□ a – ....Nous les avons *conduit* à la réussite, ces étudiants.
□ b – ....Je les ai *construit*, ces sociétés.
□ c – ....Il nous a *réduit* à néant.
□ d – ....C'est cette rage de vengeance qui l'a *conduit* aux pires extrémités.

9 Qu'est-ce que la probité ?

- ☐ a – une grande discrétion
- ☐ b – une scrupuleuse honnêteté
- ☐ c – une apparence de vérité
- ☐ d – un examen probatoire permettant de tester les capacités d'un candidat
- ☐ e – un interdit
- ☐ f -– un événement probable

10 Un de ces mots n'est pas un pronom relatif ?

- ☐ a - où
- ☐ b - dont
- ☐ c - quand
- ☐ d - qui

9 • QUESTIONS À RÉPONSE COURTE

1 *La motion de censure :*

2 *Le mur de Berlin :*

3 *La validation des acquis professionnels :*

4 *Le système de retraite par répartition :*

5 *Définir le marchandisage :*

Réponses aux questions

1 • INSTRUCTION CIVIQUE – DROIT

1 *b* – les élections législatives. L'élection qui permet d'élire les députés s'appelle les élections législatives. Elles ont lieu, en principe, tous les 5 ans, sauf en cas de dissolution où il est procédé à des élections législatives anticipées. Les élections cantonales permettent d'élire les conseillers généraux.

2 *b* – 5 ans. La durée du mandat présidentiel est de 5 ans depuis la loi constitutionnelle du 24 septembre 2000 adoptée par référendum sur proposition de Jacques Chirac. Elle était initialement de 7 ans.

3 *b* – un référendum. Le président de la République peut soumettre au peuple français un projet de loi par voie de référendum. Les citoyens doivent y répondre par « oui »ou « non ». Le projet de loi est adopté si le nombre des « oui » est supérieur au nombre des « non ». Un plébiscite est un vote sur la confiance à accorder à celui qui a pris le pouvoir.

4 *b* – un bonnet phrygien. Marianne est coiffée d'un bonnet phrygien comme symbole de la liberté. L'origine du bonnet phrygien remonte à l'antiquité où il était porté par les esclaves affranchis dans la Grèce ou la Rome antique. La Révolution française l'a repris comme symbole de la liberté. La cocarde tricolore a été créée après la prise de la Bastille. La colombe symbolise la paix.

5 *c* – la commune. Le département est découpé en arrondissements qui, eux-mêmes, sont divisés en cantons. Un canton regroupe plusieurs communes. Certaines grandes villes (Paris, Lyon, Marseille) sont elles-mêmes divisées en arrondissements.

6 *c* – le tribunal correctionnel. Le tribunal correctionnel est compétent pour toutes les infractions punies de peines correctionnelles. Les délits sont des infractions que la loi punit d'une peine d'emprisonnement ainsi que d'une peine d'amende lorsque celle-ci est connexe au délit.

7 *c* – à Strasbourg. Le Parlement européen a son siège à Strasbourg. Les lieux de travail du Parlement sont répartis entre la France, la Belgique et le Luxembourg. Les sessions plénières, réunissant la totalité des députés, se tiennent à Strasbourg. Les commissions parlementaires ainsi que les sessions plénières additionnelles se réunissent à Bruxelles alors que le secrétariat général est installé à Luxembourg.

8 *b* – pour 3 ans. Le président du conseil général est élu pour une durée de 3 ans après chaque renouvellement triennal du conseil général.

9 *c* – d'une Assemblée nationale et d'un Sénat. Le Parlement de la Ve République est constitué d'une Assemblée nationale et d'un Sénat.

10 *b* – tribunal de police. Le tribunal d'instance jugeant en matière pénale prend le nom de tribunal de police.

2 • HISTOIRE

1 *c* – 1er novembre 1993. Le 1er novembre 1993 marque l'entrée en vigueur du traité de Maastricht, signé le 7 février 1992, instituant l'Union européenne.

2 *c* – serment du Jeu de paume. On nomme serment du Jeu de paume le serment prononcé le 20 juin 1789 par les députés du Tiers État réunis dans la salle du Jeu de paume à Versailles. Par ce serment, rédigé par Target, député de Paris, les députés du Tiers État prêtent serment : « de ne jamais se séparer et de se rassembler partout où les circonstances l'exigeront jusqu'à ce que la Constitution du royaume soit établie et affermie sur des fondements solides… ».

3 *c* – Louis XVIII. La chute du premier Empire amène le retour de Louis XVIII (1755-1824), petit-fils de Louis XV, sur le trône de France (1814-1824). Soucieux de réconciliation nationale, il instaure, par la Charte du 4 juin 1814, une monarchie constitutionnelle qui garantissait, à la France, le maintien des libertés essentielles ainsi qu'un régime représentatif.

4 *c* – Robespierre. Maximilien de Robespierre (1758 -1794), député à la Constituante puis membre de la Convention, fut l'homme le plus influent du Comité de salut public de juillet

1793 à thermidor an II (juillet 1794). Face à la corruption des Constituants, à leur désinvolture à l'égard du danger contre-révolutionnaire, Robespierre est apparu comme le symbole de la rigueur et de l'intégrité morales ; il fut dès lors surnommé « l'Incorruptible ».

5 *b* – trahison. Le capitaine Alfred Dreyfus (1859-1935), issu d'une famille juive alsacienne, est accusé d'espionnage au profit de l'Allemagne en 1894. D'abord banale affaire d'espionnage, elle devient « l'Affaire » en 1898. Elle passionne l'opinion, divise les familles, brouille les amis et empoisonne le climat politique. C'est l'une des crises les plus importantes de la IIIe République. Dans un climat d'antisémitisme, Dreyfus est déclaré coupable par le conseil de guerre le 22 décembre 1894 et est condamné à la dégradation et à la déportation perpétuelle en Guyane. Émile Zola avec son article *J'accuse* publié dans le journal l'Aurore , le 13 janvier 1898, contribua à la révision du procès de Dreyfus. Mais ce n'est qu'en 1906 qu'il sera enfin réhabilité et réintégré dans l'armée française avec le grade de chef de bataillon.

6 *a* – Louis XIII. L'Académie française, fondée par Richelieu en 1934, fut officialisée par Louis XIII en 1935. Richelieu avait assigné pour tâche principale à l'Académie française d'établir, à travers la réalisation d'un dictionnaire et d'une grammaire officiels, un modèle de langue française compréhensible par tous et capable de répondre à sa politique d'unification et de centralisation du royaume.

7 *b* – 6 juin 1944. Le débarquement des Alliés en Normandie a eu lieu le 6 juin 1944.

8 *c* – la Corse. Par le traité de Versailles du 15 mai 1768, la France obtient de la république de Gènes la cession de la Corse.

9 *a* – Strasbourg. D'abord appelé *chant de guerre pour l'armée du Rhin*, ce chant fut adopté par les volontaires marseillais qui le firent résonner pendant plusieurs semaines sur le chemin de Marseille à Paris jusqu'à leur arrivée dans la capitale, le 30 juillet 1792, puis lors de l'insurrection des Tuileries, le 10 août. Le succès fut tel que le ministère de la Guerre le fit entrer dans le répertoire miliaire sous le nom de *Marseillaise* en septembre 1792. *La Marseillaise* devint « chant national » par décret du 14 juillet 1795 (26 messidor an III). Interdite sous le Consulat, le premier Empire et la Restauration à cause de sa consonance révolutionnaire, restaurée aux débuts de la Monarchie de Juillet et lors de la révolution de 1848, à nouveau proscrite sous le Second Empire, elle ne devint « hymne national » qu'en 1879, sous la IIIe République.

10 *d* – Mme de Pompadour. Jeanne Antoinette Poisson (1721-1764) est la fille d'un écuyer du duc d'Orléans et d'une courtisane. Très jolie, elle n'eut de cesse de se faire remarquer de Louis XV. Elle devint sa maîtresse en 1745 jusqu'en 1750. Louis XV la fit marquise de Pompadour. Tuberculeuse et déjà fanée à trente ans, elle sut s'effacer tout en restant sa conseillère et son amie. Mme de Pompadour fut une femme de tête qui bénéficia des largesses royales, acheta, fit construire ou restaura de nombreux châteaux et résidences : Crécy, Champs-sur-Marne, Sèvres, La Celle-Saint-Cloud, Bellevue, l'hôtel de la rue Neuve-des-Petits-Champs et l'hôtel d'Elbeuf (aujourd'hui le palais de l'Élysée).

3 • GÉOGRAPHIE

1 *c* – le 21 juin. Le jour le plus long de l'année dans l'hémisphère Nord est le 21 juin ; c'est le solstice d'été : 17h 07 de jour à Paris.

2 *c* – 70 % de la superficie du globe. Les mers et les océans recouvrent environ 71 % de la surface de la Terre. Les étendues maritimes représentent 361 300 000 km^2, contre 148 700 000 km^2 pour les terres émergées. Ce rapport inégal justifie bien le surnom de « planète bleue » que l'on donne à la Terre.

3 *d* – la Garonne et la Dordogne. La Gironde est le nom donné à l'estuaire commun formé par la Garonne et la Dordogne après leur confluence au bec d'Ambès, en aval de Bordeaux. La Gironde est un véritable bras de mer de 75 km de long et de 3 à 10 km de large. Son embouchure est située entre la pointe de Grave en Gironde et la pointe de la Vallières à Saint-Georges-de-Didonne en Charente-Maritime.

4 *c* – la Volga. Le plus long fleuve d'Europe est la Volga avec ses 3 531 km. Le Danube ne fait que 2 857 km, le Rhin 1 325 km et la Loire 1 020 km.

5 *d* – la mer Noire. Le port d'Odessa, ville d'Ukraine, est situé sur les côtes de la mer Noire. À la fin du XIXe siècle, Odessa était le premier port de commerce de la Russie ainsi qu'un important centre industriel. Le port d'Odessa fut, en 1905, le théâtre de la mutinerie du cuirassé Potemkine, immortalisée par S. Eisenstein dans son film *le cuirassier Potemkine*.

6 *c* – 60 millions d'habitants. Lors du dernier recensement de 1999, La France comptait 60 185 831 habitants dont 58 518 395 habitants pour la métropole. Selon l'INSEE, la France compte 61,4 millions d'habitants au 1er janvier 2003 dont 59,3 millions d'habitants pour la métropole. La France est l'un des pays les plus peuplés de l'Union européenne, mais son territoire est aussi l'un des plus vastes.

7 *a 2* – l'Aquitaine : Bordeaux

b 3 – l'Auvergne : Clermont-Ferrand

c 4 – la Bourgogne : Dijon

d 6 – la Champagne-Ardenne : Reims

e 5 – le Languedoc-Roussillon : Montpellier

f 1 – la Picardie : Amiens

8 *c* – la mer du Nord. L'Angleterre est séparée du Danemark par la mer du Nord. La mer du Nord est largement empruntée par les navires de toutes sortes, puisque les deux premiers ports européens, Rotterdam et Anvers, sont baignés par ses eaux. Des plates-formes pétrolières y ont été installées, notamment par l'Angleterre.

9 *c* – dans l'Antarctique. La Terre Adélie se trouve près du pôle Sud. Elle est le seul territoire continental des Terres australes et antarctiques françaises de 432 000 km^2. Elle fut découverte en 1840 par Dumont d'Urville (1790-1842). L'intérieur est recouvert de glaces qui dépassent 2 000 m d'épaisseur. Elle sert de base scientifique française.

10 ***a et c*** – l'océan Indien et l'océan Atlantique. L'Afrique est bordée à l'ouest par l'océan Atlantique et à l'est par l'océan Indien.

4 • ÉCONOMIE

1 *c* – Petites et moyennes entreprises. Le sigle PME signifie petites et moyennes entreprises.

2 *d* – Vente par correspondance. Les grandes entreprises de VPC sont : La Redoute, Les Trois Suisses, Damart, Quelle, La Blanche Porte…

3 *b* – une contribution indirecte. L'assiette de la taxe sur la valeur ajoutée (TVA) est le supplément de valeur que chaque entreprise a ajouté, du fait de son activité, aux biens qu'elle a acquis.

4 *c* – 80 %. Dans la France de 2002, le pourcentage des ménages ayant au moins une voiture était de 80,2 % et 27,9 % d'entre eux en possédaient 2 ou plus.

5 *c* – d'oligopole. Le fait que quelques entreprises dominent le marché crée une situation d'oligopole. Un oligopole est un marché en concurrence imparfaite où un nombre restreint de vendeurs fait face à une multitude d'acheteurs. Une situation de monopole peut être définie comme une situation dans laquelle il y a un seul vendeur sur un marché.

6 *a 4* – Un fonctionnaire perçoit un traitement.

b 2 – Un avocat, exerçant en profession libérale, perçoit des honoraires.

c 1 – Un artiste perçoit un cachet.

d 3 – Un militaire perçoit une solde.

7 *c* – 1963. En France, le premier hypermarché à ouvrir ses portes fut Carrefour, en 1963, à Sainte-Geneviève-des-Bois, en région parisienne.

8 *b* – le blé. Le blé est la céréale la plus cultivée et la plus consommée aujourd'hui dans le monde. La production mondiale est en constante progression et les échanges qui se multiplient entre les régions du monde font de cette céréale l'un des principaux acteurs de l'économie mondiale. Les principaux pays producteurs sont la Chine, l'Inde, les États-Unis, la France, la Fédération de Russie, le Canada… Les principaux exportateurs sont les États-Unis, l'Union européenne, le Canada, l'Australie…

9 *c* – 6,55957. Le 1er janvier 1999, les taux de conversion ont été irrévocablement fixés entre l'euro et les monnaies des États membres de l'Union européenne adoptant l'euro. Pour la France, le taux de conversion a été fixé à 6,55957 pour un euro.

10 *c* – le produit intérieur brut. Le PIB (Produit intérieur brut) est un agrégat de la comptabilité nationale. Il est égal à la somme des valeurs ajoutées produites par les entreprises qui exercent leur activité sur le territoire national, de la TVA grevant les produits et des droits de douane.

5 • SCULPTURE – ARCHITECTURE – PEINTURE – MUSIQUE

1 *b* – 1940. Les grottes de Lascaux furent découvertes le 12 septembre 1940 par quatre jeunes gens partis à la recherche de leur chien disparu. L'Abbé Breuil fit une étude minutieuse de cette grotte qu'il baptisa *la Chapelle Sixtine du Périgord*.

2 *d* – Jean-Antoine Watteau. Watteau (1684-1721) est l'auteur du tableau *Le Pèlerinage à l'île de Cythère* (ou l'*Embarquement pour Cythère*) exposé au Louvre. Il se voit aussi attribuer le tableau *Gilles à l'orée du bois*.

3 *c* – Musée de Cluny. C'est au Musée National du Moyen Âge installé dans les anciens Thermes et l'Hôtel de Cluny que la tapisserie de *La Dame à la licorne*, datée du XVe siècle, est conservée.

4 *b* – Jean-François Champollion. Champollion (1790-1832) fut nommé en 1826 par une ordonnance de Charles X qui créait une division des monuments égyptiens au Musée Royal du Louvre.

5 *a* – Venise. L'illustre héritière et collectionneuse américaine Peggy Guggenheim (1898-1979) a rassemblé de très nombreuses œuvres dans le Palazzo Venier dei Leoni à Venise.

6 *b* – Auguste Rodin. En 1857, à l'âge de 17 ans, Auguste Rodin (1840-1917) tentera d'entrer à l'école des Beaux-Arts ; il échouera par trois fois.

7 *a, b et c* – un art qui est né en marge des courants officiels, un travail en dehors du système de formation des Beaux-Arts et des œuvres réalisées à partir de matériaux de construction. Les auteurs travaillant en dehors du système des Beaux-Arts produisent des oeuvres libres par rapport à la tradition et la mode. Le Palais idéal du facteur Cheval, réalisé de 1879 à 1912 à Hauterives dans la Drôme, représente un exemple de l'Art Brut.

8 *c* – Django Reinhardt. Django Reinhardt (1910-1953) a très souvent joué avec Stéphane Grapelli notamment pour des chansons de Jean Sablon.

9 *b* – Fernando Botero. Fernando Botero (né en 1932) exposa ses sculptures en 1993 entre la Place de la Concorde et les Champs-Elysées. C'est le premier artiste étranger à avoir eu ce privilège.

10 *b* – David Bowie. C'est dans son second album sorti en 1969 sous les titres *David Bowie* et *Man of Words, Man of Music*, (devenu Space Oddity pour la réédition de 1972) que David Bowie a créé sa chanson sur Major Tom.

6 • CINÉMA – TÉLÉVISION – THÉÂTRE – PHOTOGRAPHIE

1 *d* – Henri de Toulouse-Lautrec. Toulouse-Lautrec (1864-1901) fut rendu célèbre du jour au lendemain, en 1891, à l'âge de 27 ans, grâce à l'affiche *Le Bal du Moulin Rouge*.

2 *b* – Cecil Beaton. Cecil Beaton (1904-1980) a vu sa première exposition à Londres, en 1926, accueillie avec succès ce qui lui vaut un contrat avec le magazine *Vogue* pour lequel il travaillera jusqu'au milieu des années 50. Il travaillera également en parallèle avec *Harper's Bazaar* et réalisera de nombreux portraits de stars.

3 *d* – Angoulême. Le premier festival international de la bande dessinée a eu lieu à Angoulême en 1973.

4 *b* – Ray Charles. Ray Charles (né en 1930) célèbre musicien a conduit, en 1994, un Cabriolet 306 Peugeot sur le Lac Salé dans l'Utah au son de la chanson *Georgia*.

5 *c* – un mouvement de création utilisant un réseau et notamment l'Internet comme support d'expression. Les artistes du *net-art* créent des systèmes d'interaction collective en temps réel sur différents réseaux ou bien des sites expérimentaux tentant de désorienter les internautes dans leurs habitudes d'utilisation.

6 *c* – *Forrest Gump*. Tom Hanks joue ce rôle dans le film réalisé par Robert Zemeckis en 1994.

7 *d* – *Stargate*. La série *Stargate SG-1* est inspirée de l'univers du film *Stargate, la porte des étoiles*, réalisé en 1994 par Roland Emmerich, mélange de science-fiction et de mythologie de l'Égypte ancienne.

8 *c* – Georges Méliès. Georges Méliès (1861-1938) a créé la société Star Films et inauguré en 1897 à Montreuil-sous-Bois un atelier de prises de vues cinématographiques pour réaliser ses projets.

9 *c* – un style de création artistique propre à l'esprit français. Elle correspond à un esprit et à un style de créativité française qui s'applique aux domaines de la création artistique, notamment au cinéma.

10 *b* – Mireille. Mireille (1906-1996), créatrice du *Petit Conservatoire de la Chanson*, ancienne résistante, était l'épouse du philosophe Emmanuel Berl. Pendant vingt ans, elle a su détecter chez des jeunes tels que Françoise Hardy, Michel Berger et tant d'autres, le talent qui leur est reconnu aujourd'hui.

7 • LITTÉRATURE – POÉSIE

1 *a* – René Char. René Char (1909-1988) appartient d'abord au groupe surréaliste et collabore avec André Breton et Eluard à la rédaction de *Ralentir travaux*. Il s'en éloigne dès 1934. Touché par la souffrance des autres, il dénonce le fascisme et le nazisme, il s'intéresse aux problèmes sociaux sans jamais s'inscrire à un parti.

2 *c* – en l'honneur d'un défunt. L'épitaphe est un court poème que l'on écrit en l'honneur d'un défunt. Selon l'étymologie du mot (du grec, *épi* = sur et *thapos* = tombe), ce poème est censé être inscrit sur la tombe ou le tombeau. Il peut être grave ou plaisant.

3 *a* – une idée qui surprend parce qu'elle est en contradiction avec ce qui est habituellement admis. Le paradoxe est une idée qui surprend parce qu'elle est en contradiction avec ce qui est habituellement admis, contraire à la logique et au témoignage des sens.

4 *a, b et d* – Charles Nodier, Barbey d'Aurevilly et Villiers de l'Isle Adam. La littérature fantastique s'affirme, en France au début du XIXe siècle, avec Charles Nodier (1780-1844, Jules Barbey d'Aurevilly (1808-1889) et Villiers de l'Isle Adam (1838-1889).

5 *b* – en français. La rédaction du traité de Rastatt, document juridique international, se fit en français pour la première fois. Le français demeurera la langue diplomatique jusqu'en 1914-1918.

6 *b et c* – une attitude intellectuelle et une vision du monde ainsi qu'un esprit libre qui s'est affranchi des superstitions.

7 *c* – un roman où le récit d'une histoire est interrompu par des récits secondaires. Un roman à tiroirs est un roman où le récit d'une histoire est interrompu par des récits secondaires (appelés récits enchâssés ou récits emboîtés) qui concernent d'autres personnages que ceux de l'intrigue principale. De nombreux romans du XVIIe et du XVIIIe siècle adoptent ce principe de composition.

8 *b* – d'un moine espagnol. Le mythe de Don Juan a connu de nombreuses versions orales jusqu'à ce qu'un moine espagnol, Tirso de Molina (1625), le transpose à la scène dans *Le trompeur de Séville* et *Le Convive de pierre*.

9 *a, b et c* – *Le Rouge et le noir*, *Une vie* et *L'éducation sentimentale*. *Le Rouge et le noir* (1830) de Stendhal, *Une vie* (1883) de Maupassant, et *L'éducation sentimentale* (1869) de Flaubert sont des romans qui appartiennent au roman réaliste. *Les caractères* de Jean La Bruyère est un roman qui appartient au classicisme.

10 *a et b* – des plaisanteries et propos obscènes et une forme d'esprit populaire caractérisée par son rire franc.

8 • VOCABULAIRE – ORTHOGRAPHE – GRAMMAIRE

1 *a 1* – une alvéole : masculin ou féminin selon les grammairiens. L'usage a tendance à lui donner le féminin.

b 2 – un après-midi : masculin selon l'Académie mais l'usage lui donne les deux genres féminin et masculin.

c 2 – un automne : l'Académie et l'usage lui donnent le genre masculin.

d 2 – une effluve : masculin selon tous les dictionnaires mais l'usage a tendance à lui attribuer le genre féminin.

e 1 – une HLM abréviation de « Habitation à Loyer Modéré » est donc du féminin mais l'usage tend à lui donner le genre masculin.

f 1 - une interview : masculin ou féminin selon les dictionnaires, féminin selon l'Académie. L'usage a tendance à lui attribuer le genre féminin.

2 *a* – des ballons bleus

d – des livres bleu outremer

e – des fleurs mauves

Il aurait fallu écrire :

b – des chaussures marron

c – des lumières orange

f – des voitures jaune citron

Règle : les adjectifs de couleur s'accordent avec le nom auquel ils se rapportent sauf les adjectifs qui sont dérivés d'un nom comme marron, orange, aubergine, cerise, noisette… Cependant, les adjectifs mauve, rose, pourpre, fauve, incarnat et écarlate s'accordent avec le nom auquel ils se rapportent. Les adjectifs déterminés par un autre adjectif ou un autre nom comme des tapis bleu roi restent invariables.

3 *a* – sujet du verbe entendre

4 *a 4* – cide : qui tue

b 5 – phile : ami

c 2 – scope : regarder

d 3 – phone : transmission des sons

e 1 – crate : qui domine le monde, qui gouverne

Un suffixe est un mot placé après le nom

5 *a* – schéma

f – osciller

h – conscience

k – prédécesseur

m – for intérieur

p et q - satire (poème visant à railler ou raillerie) et satyre ((dans la mythologie grecque : divinité de la terre, être à corps humain avec des pieds, des oreilles et une queue de bouc ou aujourd'hui : homme obsédé, vicieux)

6 *a 2* – entasser des bûches

b 1 – amasser du bien

c 4 – accumuler des preuves

d 3 – empiler des pierres

e 6 – entendre une langue étrangère

f 7 – concevoir le plan d'une maison

g 5 – comprendre les mathématiques

7 *a* – je geins

c – je meurs

e – je crains

g – je prévois

i – je crois

k et l- je paie ou je paye

n – je finis

o – je souris

r – je résous

t – je vaincs

Règle : les verbes du 1er groupe au présent de l'indicatif se terminent par :

e-es-e-ons-ez-ent (payer).

Les verbes du 2e groupe au présent de l'indicatif se terminent par :

is-is-it-issons-issez-issent (finir).

Les verbes du 3e groupe se terminent par :

s-s-t (ou d)-ons-ez-ent (croire, mourir prévoir, sourire).

Les verbes se terminant par indre et soudre perdent le d au présent de l'indicatif : je joins, tu joins, il joint, nous joignons, vous joignez, ils joignent (geindre, craindre, résoudre).

8 *a 3* – Nous les avons conduits à la réussite, ces étudiants (« les » mis pour étudiants).

b 4 - Je les ai construites, ces sociétés (« les » mis pour sociétés).

c 3 ou 4 - Il nous a réduits (réduites) à néant (« nous » représente soit le masculin pluriel, soit le féminin pluriel).

d 1 ou 2 – C'est cette rage de vengeance qui l'a conduit (conduite) aux pires extrémités. (« l' » représente soit le féminin singulier, soit le masculin singulier).

Règle : le participe passé employé avec l'auxiliaire avoir s'accorde en genre (masculin ou féminin) et en nombre (singulier ou pluriel) avec le complément d'objet direct placé avant lui. Le complément d'objet direct peut être un pronom.

9 *b* – une scrupuleuse honnêteté. La probité est une vertu qui consiste à observer scrupuleusement les règles de la morale sociale, les devoirs imposés par l'honnêteté et la justice.

10 *c* – quand. Quand est une conjonction de subordination

9 • QUESTIONS À RÉPONSE COURTE

1) La motion de censure est une procédure qui permet aux députés de provoquer un vote qui oblige le Premier ministre à remettre la démission de son gouvernement au président de la République si la majorité requise est atteinte. Pour être recevable, la motion de censure doit être signée par un dixième des députés. Un député ne peut être signataire de plus de trois motions de censure au cours d'une même session ordinaire et de plus d'une au cours d'une même session extraordinaire. Le vote ne peut avoir lieu que 48 heures après son dépôt. Seuls sont recensés les votes favorables à la motion de censure qui ne peut être adoptée qu'à la majorité des membres composant l'Assemblée.

2) Le mur de Berlin fut construit en 1961 par le gouvernement est-allemand pour stopper l'émigration massive de ses ressortissants vers l'ouest. Le mur séparait les deux parties de Berlin sur 45 km et les secteurs occidentaux de la RDA sur 120 km. Les tentatives de franchissement du mur de Berlin coûteront la vie à 80 fugitifs – dont 59 ont été abattus par les « vopos » (gardes-frontières) – et 115 autres seront blessés par balles. On estime à un peu moins de 5 000 le nombre des personnes qui sont parvenues à passer de Berlin-Est à Berlin-Ouest. La situation de Berlin évolue jusqu'à l'effondrement de l'Union soviétique. Dans le contexte de la perestroïka, des manifestations populaires parviennent à faire démissionner le président est-allemand Erich Honecker. Le 9 novembre 1989, le mur de Berlin tombe. La réunification de l'Allemagne peut alors être entreprise.

3) Toute personne engagée dans la vie active est en droit de faire valider les acquis de son expérience professionnelle en vue d'acquérir les diplômes et titres à finalité professionnelle délivrés par l'État ainsi que les titres propres aux branches professionnelles, dès lors qu'ils figurent dans le répertoire national des certifications professionnelles. La personne qui demande la validation des acquis de son expérience doit justifier d'avoir exercé pendant au moins 3 ans une activité professionnelle, salariée, non salariée ou bénévole, en rapport direct avec l'objet de sa demande. La demande de validation est soumise à un jury, composé de représentants qualifiés des professions concernées, qui se prononce au vu d'un dossier constitué par le candidat, à l'issue d'un entretien et, le cas échéant, d'une mise en situation professionnelle réelle ou reconstituée, lorsque cette procédure est prévue par l'autorité qui délivre la certification. La validation produit les mêmes effets que le succès à l'épreuve ou aux épreuves de contrôle des connaissances et des aptitudes qu'elle remplace.

4) Le système de retraite par répartition est un système dans lequel le montant des retraites est calculé en fonction des cotisations versées durant la vie active selon le salaire perçu. Le financement des retraites est assuré par les cotisations prélevées sur les salaires de la population active du moment. Ce système repose sur le principe de la solidarité entre générations. Il est aujourd'hui menacé par l'évolution démographique. En effet, on assiste à un vieillissement démographique, il y a de plus en plus de retraités et de moins en moins d'actifs, auquel s'ajoute l'accroissement de l'espérance de vie. Un aménagement du régime par répartition est envisagé par les différents gouvernements confrontés à ce problème

5) Le marchandisage (merchandising) est un ensemble de techniques assurant, grâce à une stratégie adaptée, la meilleure diffusion commerciale des produits. Le succès de la vente en libre-service, caractérisé par l'absence de vendeur, a amené les distributeurs à développer un ensemble de techniques visant à présenter le produit aux acheteurs dans les meilleures conditions matérielles et psychologiques (optimisation de la circulation à l'intérieur du magasin, implantation des linéaires, disposition des produits référencés sur les gondoles...).

Grille d'évaluation

Le total de points par test est de 100 points :

1 point par QCM : 80 QCM à 1 point = 80 points.

4 points par QRC : 5 QRC à 4 points = 20 points.

Moins de 35 points : niveau faible, une révision des connaissances de base s'impose, la pratique des tests de culture générale devrait vous aider dans ce sens.

De 35 à 45 points : niveau encore insuffisant, les bases sont fragiles et incomplètes, la technique des QCM n'est peut-être pas encore bien comprise.

De 45 à 55 points : niveau moyen, les bases sont dans l'ensemble assimilées, mais il faut absolument progresser afin justement de sortir de la moyenne des candidats.

De 55 à 75 points : niveau bon, quelques carences ponctuelles, les connaissances peuvent être encore renforcées par l'entraînement et des erreurs sont peut-être encore dues à une maîtrise imparfaite de la technique des QCM.

De 75 à 100 points : excellent niveau.

Niveau 1 – Test 2	*Total des points obtenus*
Instruction civique, Droit	… / 10
Histoire	… / 10
Géographie	… / 10
Économie	… / 10
Sculpture, Architecture, Peinture, Musique	… / 10
Cinéma,Télévision, Théâtre, Photographie	… / 10
Littérature, Poésie	… / 10
Vocabulaire, Orthographe, Grammaire	… / 10
Questions à Réponse Courte	… / 20
Total général	***… / 100***

Pour obtenir la note sur 20 :

$$\frac{\dots\dots\dots}{5} = \dots / 20$$

TEST 3

1 • INSTRUCTION CIVIQUE – DROIT

1 **Le droit de vote à 18 ans a été instauré par une loi en :**

- ☐ a – 1946
- ☐ b – 1968
- ☐ c – 1974
- ☐ d – 1981

2 **La jurisprudence signifie :**

- ☐ a – la prudence avec laquelle le juge prononce sa décision
- ☐ b – la sagesse du législateur
- ☐ c – l'ensemble des décisions prises par les tribunaux

3 **Le président du Sénat est élu :**

- ☐ a – pour la durée de son mandat
- ☐ b – pour 3 ans
- ☐ c – au début de chaque session

4 **La peine de mort est abolie, en France, depuis :**

- ☐ a – 1945
- ☐ b – 1958
- ☐ c – 1968
- ☐ d – 1981

5 **En France, le chef des armées est :**

- ☐ a – le ministre de la défense
- ☐ b – le Premier ministre
- ☐ c – une personnalité militaire désignée par le président de la République
- ☐ d – le président de la République

6 **Le pouvoir législatif est exercé, en France, par :**

- ☐ a – l'Assemblée nationale
- ☐ b – le Parlement
- ☐ c – le président de la République
- ☐ d – le Premier ministre
- ☐ e – le Premier ministre et le président de la République

7 **Le contentieux des élections législatives est de la compétence :**

- ☐ a – du Conseil d'État
- ☐ b – du tribunal administratif
- ☐ c – de la Cour de justice de la République
- ☐ d – du Conseil constitutionnel

8 En cas de décès du président de la République, la suppléance est assumée par :

- ☐ a – le vice-président
- ☐ b – le Premier ministre
- ☐ c – le président de l'Assemblée nationale
- ☐ d – le président du Sénat
- ☐ e – le président du Conseil constitutionnel

9 Le mode d'élection des députés est fixé par :

- ☐ a – la Constitution
- ☐ b – une loi organique
- ☐ c – une loi ordinaire
- ☐ d – un décret

10 L'Assemblée nationale siège :

- ☐ a – au Palais-Bourbon
- ☐ b – au Palais du Luxembourg
- ☐ c – au château de Versailles

2 • HISTOIRE

1 La chute du mur de Berlin a eu lieu en :

- ☐ a – 1986
- ☐ b – 1989
- ☐ c – 1990
- ☐ d – 1993

2 Les États-Unis ont obtenu leur indépendance en :

- ☐ a – 1695
- ☐ b – 1765
- ☐ c – 1776
- ☐ d – 1797

3 Parmi ces écrivains célèbres, lequel fut antidreyfusard :

- ☐ a – Anatole France
- ☐ b – André Gide
- ☐ c – Charles Péguy
- ☐ d – Jules Verne
- ☐ e – Marcel Proust

4 Le Louvre est devenu un musée :

- ☐ a – sous le règne de Louis XIV
- ☐ b – sous le Premier Empire
- ☐ c – à la Révolution française
- ☐ d – sous la Commune de Paris

5 Mère Teresa est d'origine :

- ☐ a – roumaine
- ☐ b – italienne
- ☐ c – indienne
- ☐ d – albanaise

6 La célèbre parole : « Allez dire à votre maître que nous sommes ici par la volonté du peuple et que nous n'en sortirons que par la force des baïonnettes » fut prononcée par :

- ☐ a – Lafayette
- ☐ b – Robespierre
- ☐ c – Mirabeau
- ☐ d – Danton

7 Le baron Pierre de Coubertin recréa les Jeux Olympiques en :

☐ a – 1890
☐ b – 1896
☐ c – 1900
☐ d – 1904

8 La conférence internationale fixant le sort de l'Allemagne après la Seconde Guerre mondiale s'est tenue à :

☐ a – Londres
☐ b – Paris
☐ c – Washington
☐ d – Yalta
☐ e – Potsdam

9 La tour Eiffel fut construite :

☐ a – pour commémorer la chute de la Commune de Paris
☐ b – pour l'Exposition universelle de 1889
☐ c – pour l'ouverture des Jeux olympiques de 1896
☐ d – pour le changement de siècle en 1900

10 En France, la séparation de l'Église et de l'État a été votée en :

☐ a – 1870
☐ b – 1901
☐ c – 1905
☐ d – 1936

3 • GÉOGRAPHIE

1 Quel fleuve prend sa source au mont Gerbier-de-Jonc ?

☐ a – la Garonne
☐ b – la Loire
☐ c – la Seine
☐ d – le Rhône

2 À quelle vitesse la mer peut-elle remonter au Mont-Saint-Michel ?

☐ a – 10 km/h
☐ b – 20 km/h
☐ c – 30 km/h
☐ d – 40 km/h

3 La distance moyenne de la Lune par rapport à la Terre est de :

☐ a – 180 000 km
☐ b – 280 000 km
☐ c – 380 000 km
☐ d – 480 000 km

4 Dans quel pays se trouve le Cap de Bonne-espérance ?

☐ a – au Chili
☐ b – en Afrique du Sud
☐ c – en Argentine
☐ d – en Australie

5 Associez chaque ville à son surnom :

1 – la Capitale des Gaules
2 – la Cité phocéenne
3 – la Venise du Nord
4 – la Ville rose
5 – la Ville sainte

☐ a – ....Bruges
☐ b – ....Jérusalem
☐ c – ....Lyon
☐ d – ....Marseille
☐ e – ....Toulouse

6 **Lequel de ces pays n'est pas traversé par le Nil ?**

☐ a – le Soudan
☐ b – l'Égypte
☐ c – l'Ouganda
☐ d – la Somalie

7 Kiev est aujourd'hui une ville :

☐ a – biélorusse
☐ b – ukrainienne
☐ c – russe
☐ d – polonaise

8 **La capitale de l'Allemagne réunifiée est :**

☐ a – Munich
☐ b – Bonn
☐ c – Berlin
☐ d – Nuremberg

9 Parmi ces pays scandinaves, lequel ne fait pas partie de l'Union européenne ?

☐ a – Le Danemark
☐ b – La Norvège
☐ c – La Suède

10 **Le Rhône prend sa source en :**

☐ a – Allemagne
☐ b – France
☐ c – Suisse
☐ d – Autriche

4 • ÉCONOMIE

1 Au 1er janvier 2002, le nombre de détenteurs de téléphone mobile, en France, était de :

☐ a – 20 millions
☐ b – 29 millions
☐ c – 32 millions
☐ d – 37 millions

2 Une action est :

☐ a – un titre de propriété rémunéré par des dividendes
☐ b – un titre de créance donnant droit à la perception d'intérêts
☐ c – un titre de créance sur le Trésor public

3 **Les PME sont des entreprises occupant :**
- ☐ a – moins de 50 salariés
- ☐ b – moins de 250 salariés
- ☐ c – moins de 500 salariés
- ☐ d – moins de 1 000 salariés

4 **La loi Neiertz, du 1er mars 1990, concerne :**
- ☐ a – la réglementation des casinos
- ☐ b – les économies d'énergie
- ☐ c – la réglementation de la concurrence
- ☐ d – le surendettement

5 **Le taylorisme est :**
- ☐ a – une théorie économique
- ☐ b – une organisation scientifique du travail
- ☐ c – une forme d'actionnariat ouvrier

6 **Le premier producteur mondial d'or est :**
- ☐ a – la Fédération de Russie
- ☐ b – les États-Unis
- ☐ c – l'Australie
- ☐ d – l'Afrique du Sud

7 **Quel mot peut-on utiliser en français pour désigner le marketing ?**
- ☐ a – le marchandisage
- ☐ b – la mercatique
- ☐ c – le marchéage
- ☐ d – le démarchage

8 **L'OPEP a été créée en :**
- ☐ a – 1945
- ☐ b – 1950
- ☐ c – 1960
- ☐ d – 1973

9 **En 2002, la population active en France métropolitaine était d'environ :**
- ☐ a – 20 millions de personnes
- ☐ b – 26 millions de personnes
- ☐ c – 35 millions de personnes
- ☐ d – 38 millions de personnes

10 **Associez chaque organisme à son domaine de recherche :**

1 – l'agronomie
2 – la recherche scientifique
3 – la santé et le médical
4 – l'exploitation de la mer
5 – l'informatique et l'automatique

- ☐ a – ....le CNRS
- ☐ b – ....l'Ifremer
- ☐ c – ....l'Inra
- ☐ d – ....l'Inria
- ☐ e – ....l'Inserm

5 • SCULPTURE – ARCHITECTURE – PEINTURE – MUSIQUE

1 Le *stabat Mater* de Pergolèse est une musique de style :

- ☐ a – symphonique
- ☐ b – baroque
- ☐ c – classique
- ☐ d – médiéval
- ☐ e – lyrique

2 Qui a réalisé l'installation architecturale le *Diatope* pour le centre Georges Pompidou ?

- ☐ a – Nicolas Schöffer
- ☐ b – Iannis Xénakis
- ☐ c – Jean Nouvel
- ☐ d – Jean Prouvé
- ☐ e – Patrick Raynaud

3 Le mouvement des peintres *Nabis* s'est inspiré d'un nom de la langue hébraïque ; sa traduction française est :

- ☐ a – les visionnaires
- ☐ b – les prophètes
- ☐ c – les mages
- ☐ d – les précurseurs

4 Parmi ces artistes, lequel ne fait pas partie du mouvement de l'art cinétique :

- ☐ a – Victor Vasarely
- ☐ b – Marcel Duchamp
- ☐ c – Alexander Calder
- ☐ d – Salvador Dali
- ☐ e – Jean Tinguely

5 Quel musicien du XIXe siècle jouait avec tant de brio qu'on le disait possédé par le diable ?

- ☐ a – Paganini
- ☐ b – Chopin
- ☐ c – Gabriel Fauré
- ☐ d – Charles Gounod

6 Quel sculpteur français du XVIIe siècle réalisa le tombeau de Richelieu qui est dans l'église de la Sorbonne à Paris ?

- ☐ a – Pierre Puget
- ☐ b – Pierre Francheville
- ☐ c – Edmé Bouchardon
- ☐ d – François Girardon

7 Quel artiste a peint un tableau appelé *El tres de Mayo* traduisant la résistance du peuple espagnol contre l'invasion de leur pays ?

- ☐ a – Picasso
- ☐ b – García Lorca
- ☐ c – Zurbaran
- ☐ d – Goya

8 Quel architecte de la Renaissance fut un grand rival de Michel-Ange ?

- ☐ a – Brunelleschi
- ☐ b – Bramante
- ☐ c – Palladio
- ☐ d – Alberti

9 Quand fut créé le Musée du Louvre ?

- ☐ a – 1753
- ☐ b – 1783
- ☐ c – 1793
- ☐ d – 1893

10 Girolamo Frescobaldi fut :

- ☐ a – un peintre
- ☐ b – un organiste
- ☐ c – un sculpteur
- ☐ d – un orfèvre

6 • CINÉMA – TÉLÉVISION – THÉÂTRE – PHOTOGRAPHIE

1 Quel est le photographe, ancien directeur artistique de la revue *Elle*, qui travailla avec Jean-Christophe Averty pour l'émission *Dim, Dam, Dom* ?

- ☐ a – Peter Knapp
- ☐ b – Jean Loup Sieff
- ☐ c – Henri Cartier-Bresson
- ☐ d – Robert Doisneau

2 Quel architecte d'intérieur et designer a réalisé le mobilier du bureau du Président de la République française élu en 1981 ?

- ☐ a – Olivier Gagnères
- ☐ b – Philippe Stark
- ☐ c – Pierre Paulin
- ☐ d – Roger Tallon
- ☐ e – Marcial Berro

3 Parmi les films suivants, quel est le film dans lequel John Travolta n'a pas joué ?

- ☐ a – *Pulp Fiction*
- ☐ b – *Volte Face*
- ☐ c – *Saturday Night Fever*
- ☐ d – *Grease 2*
- ☐ e – *Opération Espadon*

4 Parmi ces réalisateurs de cinéma, lequel travaille régulièrement sur plusieurs scénarios de bandes dessinées ?

- ☐ a – David Lynch
- ☐ b – Quentin Tarantino
- ☐ c – Alejandro Jodorowsky
- ☐ d – Jean Jeunet

5 Quel poète du XIXe siècle a ouvert le chemin à l'interaction entre mise en page, typographie et poésie ?

- ☐ a – Charles Baudelaire
- ☐ b – Victor Hugo
- ☐ c – Stéphane Mallarmé
- ☐ d – Lamartine
- ☐ e – Mérimée

6 Un story-board est :

- ☐ a – le résumé écrit d'un dessin animé
- ☐ b – l'écriture du découpage des principales scènes d'un film de long métrage
- ☐ c – une ou plusieurs planches dessinées représentant le découpage d'un film
- ☐ d – une phrase-clé représentant l'esprit d'un film

7 À quelle époque fut créée l'image d'Épinal ?

- ☐ a – XVIe siècle
- ☐ b – XVIIe siècle
- ☐ c – XVIIIe siècle
- ☐ d – XIXe siècle

8 Qui fut le photographe et réalisateur de publicité qui dirigea le défilé de la célébration du bicentenaire de la prise de la Bastille le 14 juillet 1989 ?

- ☐ a – Jean-Loup Sieff
- ☐ b – Jean-Paul Goude
- ☐ c – Guy Bourdin
- ☐ d – Jean-Baptiste Mondino

9 Quelle fut la danseuse étoile avec laquelle Rudolf Noureev dansa le plus souvent ?

- ☐ a – Claude Bessy
- ☐ b – Margot Fonteyn
- ☐ c – Janine Charrat
- ☐ d – Ghislaine Thesmar

10 Quel metteur en scène a adapté plusieurs nouvelles de Maupassant à la télévision ?

- ☐ a – Robert Hossein
- ☐ b – Laurent Terzief
- ☐ c – Claude Santelli
- ☐ d – Pierre Sabbagh

7 • LITTÉRATURE – POÉSIE

1 Le langage des gueux, des mendiants et des coupeurs de bourse d'autrefois est désigné sous le nom :

- ☐ a – de patois
- ☐ b – d'argot
- ☐ c – de verlan

2 Membre de l'Académie française, il s'est rendu célèbre, par ses sermons :

- ☐ a – Jacques Bossuet
- ☐ b – Nicolas Boileau
- ☐ c – Victor Hugo

3 L'écriture automatique, c'est :

- ☐ a – écrire sous la dictée de l'inconscient
- ☐ b – écrire avec un logiciel informatique
- ☐ c – écrire comme l'on parle

4 Le monologue intérieur s'affirme comme une technique d'écriture associée au développement du comportement contemporain. Dans quelle œuvre se trouve cette technique ?

- ☐ a – *Ulysse*
- ☐ b – *Le bruit et la fureur*
- ☐ c – *La leçon*

5 La paraphrase c'est :

- ☐ a – une phrase courte
- ☐ b – un développement explicatif d'un texte
- ☐ c – réécrire un texte avec d'autres mots mais sans rien changer au texte
- ☐ d – une phrase sans article

6 La poésie de Jacques Prévert emprunte la plupart de ses thèmes à la réalité quotidienne. Cochez les poèmes écrits par Jacques Prévert.

☐ a – *Chantefables* et *Chantefleurs*
☐ b – *Paroles*
☐ c – *Choses et autres*

7 Orphée est un héros :

☐ a – de la mythologie grecque
☐ b – de culture latine
☐ c – d'origine orientale

8 Poètes de la résistance, ils font circuler leurs poèmes sous formes de tracts. Cette poésie revêt souvent l'aspect d'une chanson facile à mémoriser. Le message politique y tient une grande place. Il s'agit de :

☐ a – Louis Aragon
☐ b – Francis Ponge
☐ c – Paul Eluard
☐ d – René Char
☐ e – Robert Desnos

9 Sous l'ancien régime, les écrivains peuvent être emprisonnés ou condamnés à être brûlés pour avoir publié des œuvres portant atteinte au roi ou à la religion. Souvent, ils doivent s'exiler ou publier leurs œuvres de façon anonyme. Parmi ces œuvres, quelles sont celles qui ont entraîné des difficultés à leurs auteurs ?

☐ a – *Les lettres philosophique* (Voltaire)
☐ b – *Les pensées philosophiques* (Diderot)
☐ c – *L'Émile* (Rousseau)

10 Qu'est qu'une autobiographie ?

☐ a – récit en prose qu'une personne réelle fait de sa propre existence
☐ b – récit en vers qu'un poète fait de l'existence de sa bien-aimée
☐ c – roman chevaleresque
☐ d – roman de science fiction

8 • VOCABULAIRE – ORTHOGRAPHE – GRAMMAIRE

1 Quelle est la signification de l'adjectif « fortuit »?

☐ a – qui n'est pas fait exprès
☐ b – qui est inutile
☐ c – qui arrive au bon moment
☐ d – qui représente un accord tacite
☐ e – qui est inattendu
☐ f – qui est excusable

2 Quel est le synonyme de invectiver ?

☐ a – ignorer
☐ b – injurier
☐ c – punir
☐ d – râler
☐ e – infliger
☐ f – interpeller

3 Qu'est-ce que l'allégeance ?

☐ a – un accord entre deux personnes
☐ b – une diminution de poids
☐ c – une manifestation de soutien
☐ d – une citation de fait
☐ e – une incapacité à supporter quelqu'un ou quelque chose
☐ f – une attitude respectueuse à l'égard d'un supérieur
☐ g – une soumission à quelqu'un
☐ h – un serment envers son seigneur

4 Laquelle de ces phrases est correcte ?

☐ a – De nombreuses personnes se sont écrit pour la nouvelle~~s~~ année.
☐ b – De nombreuses personnes se sont écrites pour la nouvelle~~s~~ année.
☐ c – De nombreuses personnes se sont écrits pour la nouvelle~~s~~ année.

5 Laquelle de ces conjugaisons du verbe asseoir est incorrecte ?

☐ a – j'assois
☐ b – nous asseyons
☐ c – j'assieds
☐ d – nous asseoions
☐ e – ils asseyent

6 Lequel de ces mots n'est pas une conjonction de coordination ?

☐ a – or
☐ b – ni
☐ c – où
☐ d – mais

7 Quelle est la bonne orthographe parmi les propositions suivantes :

☐ a – des porte-paroles
☐ b – des portes-paroles
☐ c – des porte-parole
☐ d – des portes-paroles

8 Cochez les mots bien orthographiés :

☐ a – intercalaire
☐ b – connection
☐ c – étymologie
☐ d – effigie
☐ e – étique
☐ f – éfémère

9 Cochez les noms masculins :

☐ a – odyssée
☐ b – apothéose
☐ c – équivoque
☐ d – armistice
☐ e – ancre
☐ f – pétale
☐ g – intervalle
☐ h – éclair

10 Quelle est la formule de politesse correcte ?

☐ a – Je vous prie d'agréer, Madame, l'expression de mes salutations distinguées.
☐ b – Je vous prie d'agréer, Madame, mes salutations distinguées.
☐ c – Je vous prie d'agréer, Madame, mes salutations sincères.

9 • QUESTIONS À RÉPONSE COURTE

1 *La Cour de justice des Communautés européennes :*

2 *Qu'entend-on par étalon or ?*

3 *La blitzkrieg :*

4 *La production de médicaments et le génie génétique :*

5 *Alfred Sauvy :*

Réponses aux questions

1 • INSTRUCTION CIVIQUE – DROIT

1 *c* – 1974. Le droit de vote a été abaissé de 21 ans à 18 ans, sous la présidence de Valéry Giscard d'Estaing, par la loi du 5 juillet 1974.

2 *c* – L'ensemble des décisions prises par les tribunaux. La jurisprudence est un terme générique qui désigne l'ensemble des décisions prises par les tribunaux.

3 *b* – pour 3 ans. Le président du Sénat est élu pour 3 ans après chaque renouvellement triennal.

4 *d* – 1981. La peine de mort a été abolie par la loi du 9 octobre 1981.

5 *d* – le président de la République. Le chef des armées est le président de la République ; il a le pouvoir d'engager la force nucléaire (article 15 de la Constitution).

6 *b* – le Parlement. Le pouvoir législatif est exercé par le Parlement constitué de l'Assemblée nationale et du Sénat.

7 *d* – du Conseil constitutionnel. Le contentieux des élections législatives est de la compétence du Conseil constitutionnel.

8 *d* – le président du Sénat. En cas de vacance de la présidence de la République (décès, démission...), la suppléance est assurée par le président du Sénat, et, si celui-ci se trouve empêché, par le Gouvernement. Le président du Sénat est considéré comme le deuxième personnage de l'État. Pendant la suppléance, il est chargé d'organiser l'élection présidentielle.

9 *c* – une loi ordinaire. Le mode d' élection des députés est fixé par une loi ordinaire.

10 *a* – au Palais-Bourbon. L'Assemblée nationale siège au Palais-Bourbon, le Sénat au Palais du Luxembourg et le Congrès (réunion des deux assemblées) au château de Versailles.

2 • HISTOIRE

1 *b* – 1989. Le mur de Berlin fut construit en 1961 par le gouvernement est-allemand pour stopper l'émigration massive de ses ressortissants vers l'ouest. La destruction du mur le 9 novembre 1989 marqua la fin de l'hégémonie soviétique en Europe de l'Est et fut le prélude à la réunification de l'Allemagne.

2 *c* – 1776. Le 4 juillet 1776, les représentants des 13 colonies anglaises d'Amérique du Nord proclament l'Union des colonies et l'indépendance des États-Unis. L'Angleterre ne reconnaît l'indépendance des États-Unis qu'en 1783.

3 *d* – Jules Verne. Parmi les écrivains connus qui rejoignirent le camp des antidreyfusards on compte : Maurice Barrès, Alphonse et Léon Daudet, Pierre Loti, Jules Verne.

4 *c* – à la Révolution française. L'essor du mouvement encyclopédiste permet dans les dernières années du XVIIIe siècle de créer à l'intérieur du palais du Louvre un muséum. La Révolution française crée le « Muséum central des arts » par le décret du 6 mai 1791, la collection royale devient collection municipale et la grande galerie des peintures est inaugurée le 10 août 1793. Le peintre Hubert Robert est nommé conservateur des collections publiques en 1795. En 1803, le Louvre devient le musée Napoléon. Sous la IIIe République le musée du Louvre devint une «propriété de l'État », accédant ainsi à son statut actuel de musée national.

5 *d* – albanaise. Mère Teresa (1910-1997) est une religieuse indienne d'origine albanaise. De son vrai nom Agnès Gonxha Bojaxhiu, Mère Teresa fonda les Missionnaires de la charité en 1950. Elle voua sa vie aux déshérités, lépreux et mourants de Calcutta et des autres villes de l'Inde. Elle reçut le prix Nobel de la paix 1979. Son procès de béatification a commencé d'être instruit en 1999.

6 *c* – Mirabeau. Cette célèbre parole fut lancée par Mirabeau, le 23 juin 1789, au marquis de Dreux-Brézé, chargé par le roi de faire évacuer la salle où se réunissaient les députés de l'Assemblée nationale.

7 *b* – 1896. Le baron Pierre de Coubertin (1863-1937) recréa les Jeux Olympiques en 1896. Le 16 juin 1894 débute à l'université de la Sorbonne, à Paris, le congrès pour le rétablissement des Jeux Olympiques. Le Comité international olympique (CIO) est constitué, en 1895, avec un Grec, Demetrios Vikelas, pour président. Les premiers Jeux de

l'ère moderne auront lieu à Athènes en 1896. Pierre de Coubertin fut le président du CIO de 1896 à 1925.

8 *e* – Potsdam. La conférence internationale fixant le sort de l'Allemagne après la Seconde Guerre mondiale s'est tenue, du 17 juillet au 2 août 1945, dans la ville allemande de Potsdam. Elle réunissait Truman, Staline et Churchill. Ce dernier fut remplacé par Attlee nouveau Premier ministre de Grande-Bretagne. Roosevelt, décédé le 12 avril 1945, avait été remplacé par Truman, nouveau président des États-Unis.

9 *b* – pour l'Exposition universelle de 1889. À l'occasion de l'Exposition universelle de 1889, le ministre du Commerce et de l'Industrie Lockroy organisa un concours qui fut remporté par la société de Gustave Eiffel. La tour Eiffel fut construite sur la partie du Champ-de-Mars qui borde la Seine, face au palais du Trocadéro. Construite pour l'Exposition universelle, la tour Eiffel devait être détruite à l'expiration de la concession (1909) ; elle fut sauvée grâce à sa reconversion dans le domaine militaire, puis par l'installation d'un radio émetteur civil.

10 *c* – 1905. La loi concernant la séparation de l'Église et de l'État fut promulguée, en France, le 9 décembre 1905. Cette loi sépare, sur le plan institutionnel, la pratique religieuse et l'organisation de l'Église française des institutions de la IIIe République. Destinée à combattre l'influence jugée abusive de l'Église catholique sur le vote des fidèles et la vie politique de la nation, cette loi aura aussi pour effet de lui supprimer les subventions de l'État. La religion, que chaque citoyen demeurait libre de choisir et de pratiquer à son gré, est désormais considérée comme ne relevant plus que du seul domaine privé.

3 • GÉOGRAPHIE

1 *b* – la Loire. La Loire, fleuve long de 1 020 km, prend sa source, à 1 400 m d'altitude, au mont Gerbier-de-Jonc. Le mont Gerbier-de-Jonc est un des sommets du Massif Central haut de 1 551 m.

2 *c* – 30 km/h. La baie qui abrite la célèbre abbaye du Mont-Saint-Michel s'ouvre au fond du golfe formé par la Bretagne et le Cotentin. Elle est largement ouverte sur la Manche. Elle se caractérise par des marées d'une amplitude exceptionnelle (jusqu'à 15 m). L'estran, très large, est dangereux, les flots y remontent rapidement, pouvant atteindre parfois la vitesse de 30 km/h (8,3 m/s) soit la vitesse d'un cheval au galop.

3 *c* – 380 000 km. La Lune, seul satellite naturel de la Terre, décrit autour de la Terre une orbite elliptique à excentricité réduite. Sa distance à la Terre varie, au cours de chaque mois, de 356 000 à 407 000 km, soit une distance moyenne de 384 400 km. La Lune a un rayon de 1 738 km, elle est quatre fois plus petite et 81,3 fois moins massive que la Terre.

4 *b* – en Afrique du Sud. Le cap de Bonne-Espérance se trouve en Afrique du Sud. Mais il n'est pas la pointe méridionale du continent africain, qui se trouve au cap des Aiguilles, 150 km à l'est.

5 *a 3* – Bruges surnommée la Venise du Nord

b 5 – Jérusalem surnommée la Ville sainte

c 1 – Lyon surnommée la Capitale des Gaules

d 2 – Marseille surnommée la Cité phocéenne

e 4 – Toulouse surnommée la Ville rose

6 *d* – la Somalie. Le Nil est le 3e fleuve du monde : 6 671 km. Une des sources du Nil est le lac Victoria. Il traverse donc l'Ouganda, le Soudan et l'Égypte.

7 *b* – ukrainienne. Première métropole politique et religieuse de la Russie, elle fut ruinée par les Mongols (1240), rattachée à la Lituanie (1362) puis à la Pologne (1569) et passa sous souveraineté russe au milieu du XVIIe siècle. Elle devint capitale de l'Ukraine soviétique pendant la guerre civile de 1917-1920.

8 *c* – Berlin. Le 3 octobre 1990, la réunification de l'Allemagne est officiellement proclamée. Berlin devient la capitale de l'État unifié.

9 *b* – La Norvège. Bien que sa candidature ait été acceptée par l'Union européenne, la Norvège refusa finalement de ratifier les accords de Maastricht et donc d'adhérer à l'Union européenne en 1995.

10 *c* – Suisse. Le Rhône, long de 800 km, prend sa source à 2 300 m d'altitude, au glacier de la Furka, sur les pentes du Saint-Gothard en Suisse.

4 • ÉCONOMIE

1 *d* – 37 millions. Au 1er janvier 2002, le nombre de détenteurs de téléphone mobile, en France, était de 37 millions alors qu'il n'était que de 11,2 millions en 1990.

2 *a* – un titre de propriété rémunéré par des dividendes. Les actions sont des titres de propriété sur une partie du capital social de l'entreprise qui les a émises. Le propriétaire d'une action – l'actionnaire – est rémunéré par des dividendes (part du bénéfice réalisé par la société au cours d'un exercice, soit généralement en douze mois).

3 *c* – moins de 500 salariés. En France, on considère comme PME (petites et moyennes entreprises), toute entreprise non-filiale de groupe et occupant de 10 à 499 salariés. Cependant, une recommandation de l'Union européenne, du 3 avril 1996, limite le domaine des PME aux entreprises de 0 à 249 salariés. Par ailleurs, elle fixe des seuils – en termes d'effectifs occupés, de chiffre d'affaires et de total du bilan – pour les moyennes entreprises (moins de 250 personnes), les petites entreprises (moins de 50 personnes) et les micro-entreprises (moins de 10 salariés). Cette recommandation devrait finir par s'imposer aux pays membres.

4 *d* – le surendettement. La loi Neiertz, du 1er mars 1990, concerne le surendettement. Elle permet aux ménages surendettés de pouvoir obtenir un réaménagement de leurs dettes.

5 *b* – une organisation scientifique du travail. Frederick Winslow Taylor (1856-1915), ingénieur américain, est le pionnier de l'organisation scientifique du travail pour répondre aux exigences d'efficacité productive. Il est à l'origine de procédés d'exécution du travail comme le chronométrage appliqué à la manutention, l'organisation fonctionnelle et la division du travail, le salaire différentiel… Le nom de taylorisme a été donné à l'ensemble de ces méthodes d'organisation du travail issues de bases scientifiques.

6 *d* – l'Afrique du Sud. Le premier producteur mondial d'or est l'Afrique du Sud avec près de 480 tonnes. Les États-Unis produisent pour leur part près de 360 tonnes, l'Australie près de 310 tonnes et la Fédération de Russie près de 250 tonnes.

7 *b et c* – la mercatique et le marchéage. La mercatique et le marchéage sont deux synonymes de marketing. Le démarchage est une pratique commerciale consistant à chercher à vendre ou à proposer des contrats de vente à domicile pour le compte d'une

entreprise ou d'une organisation. Le marchandisage est une fonction dépendant du marketing, qui consiste à étudier et à améliorer les caractéristiques d'un produit à des fins de commercialisation.

8 *c* – 1960. L'OPEP (Organisation des Pays Exportateurs de Pétrole) a été créée à Caracas, en 1960, par l'Arabie Saoudite, l'Iran, l'Iraq, le Koweït et le Venezuela à la suite d'une série de baisses du prix du pétrole brut décidées unilatéralement par les compagnies pétrolières. L'OPEP joue le rôle d'un forum où est fixé le niveau des prix à l'exportation du pétrole brut. L'OPEP regroupe 13 pays : l'Algérie, l'Équateur, la fédération des Émirats arabes unis, le Gabon, l'Indonésie, l'Arabie Saoudite, l'Iran, l'Iraq, le Koweït, la Libye, le Nigeria, le Qatar et le Venezuela. Ces pays représentent 65 % environ de la production mondiale de pétrole brut et possèdent près de 75 % des réserves mondiales. Le siège de l'OPEP est à Vienne, en Autriche.

9 *b* –26 millions de personnes. En France métropolitaine, la population active était, en 2002, de 26 652 982 personnes pour une population totale égale à 59,3 millions de personnes.

10 *a 2* – le CNRS : Centre National de Recherche Scientifique

b 4 – l'Ifremer : Institut Français pour l'Exploitation de la Mer

c 1 – l'Inra : Institut National de la Recherche Agronomique

d 5 – l'Inria : Institut National de Recherche en Informatique et Automatique

e 3 – l'Inserm : Institut National de la Santé et de la Recherche Médicale

5 • SCULPTURE – ARCHITECTURE – PEINTURE – MUSIQUE

1 *b* – baroque. Giovanni Battista Pergolèse (1710-1735) écrit le *Stabat Mater* juste avant sa mort. Cette œuvre est classée dans le style des musiques sacrées baroques.

2 *b* – Iannis Xénakis. Conçu par Iannis Xénakis (1922-2001), musicien et architecte, pour l'inauguration du Centre Georges Pompidou, le *Diatope* fut installé en 1978 devant ce Centre.

3 *b* – les prophètes. Les élèves de l'Académie Julian à Paris se surnomment depuis l'été 1888 les Nabis (prophètes en Hébreu.) Le tableau *le Talisman* de Paul Sérusier, peint la même année, sera une révélation pour eux.

4 *d* – Salvador Dali. Dali (1904-1989) a fait partie du mouvement surréaliste et bien qu'il ait travaillé sur des effets visuels en peinture il ne s'associe pas au cinétisme optique comme Vasarely.

5 *a* – Paganini. La virtuosité de Paganini (1782-1840) au violon était tellement fantastique et irréelle qu'on le soupçonna d'avoir passé un pacte avec le diable.

6 *d* – François Girardon. Vers 1657, François Girardon (1628-1715) devint l'un des proches amis et collaborateurs de Le Brun. Il réalisa la sculpture *Apollon servi par les nymphes* pour la grotte de Thétis dans les jardins de Versailles mais aussi, notamment, le Tombeau de Richelieu en 1675 pour l'église de la Sorbonne.

7 *d* – Goya. Francisco de Goya (1746-1828) a peint le tableau *El très de mayo* en 1814 pour traduire la résistance du peuple espagnol à l'invasion des troupes napoléoniennes.

8 *b* – Bramante. En 1506, Michel-Ange avait commencé pour le Pape Jules II un monumental tombeau, mais, écoutant les propos calomnieux de Bramante (1444-1514), celui-ci cesse d'accorder ses subsides à Michel-Ange qui quitte Rome. La construction du nouveau Saint-Pierre revient à son ennemi, Bramante.

9 *c* – 1793. Envisagé dès le XVIIe siècle, préparée sous Louis XVI, la création du Musée du Louvre fut finalement l'œuvre de la Convention par décret du 27 juillet 1793. Il fut inauguré le 10 août 1793.

10 *b* – un organiste. Girolamo Frescobaldi (1583-1643) était un grand organiste, il joua pendant plus de 25 ans à la Capella Giullia à Saint Pierre de Rome. Il est le pionnier de *la fugue*.

6 • CINÉMA – TÉLÉVISION – THÉÂTRE – PHOTOGRAPHIE

1 *a* – Peter Knapp. Peter Knapp (né en 1931), de nationalité suisse, a travaillé en 1965 sur l'émission D*im, Dam, Dom*.

2 *c* – Pierre Paulin. Pierre Paulin a dessiné, en 1983, le mobilier destiné au bureau du Président de la République François Mitterrand.

3 *d* – *Grease 2*. C'est Maxwell Caulfield en 1982 qui sera l'acteur de *Grease 2* auprès de Michelle Pfeiffer.

4 *c* – Alejandro Jodorowsky. Alejandro Jodorowsky (né en 1930) a travaillé avec Moebius pour la série de *l'Incal*, pour *Megalex* avec Fred Beltran et pour *la Caste des Méta-Barons* avec Juan Gimenez.

5 *c* – Stéphane Mallarmé. Dans son livre *Jamais un coup de dés n'abolira le hasard*, Mallarmé (1865-1898) ouvre la route à un nouveau courant de l'art moderne et au spatialisme en poésie.

6 *c* – une ou plusieurs planches dessinées représentant le découpage d'un film. On peut le qualifier de bande dessinée d'un film alors que le synopsis est le résumé de l'histoire en quelques lignes.

7 *c* – XVIIIe siècle. En 1796, Jean-Charles Pellerin crée l'Imagerie d'Épinal. L'Image est alors gravée sur une planche de bois. L'impression de la feuille s'effectue à l'aide d'une presse à bras. Enfin intervient le coloriste, au moyen de pochoirs. L'imagerie était un art populaire né au XVe siècle et surtout destiné au public illettré des campagnes.

8 *b* – Jean-Paul Goude. Jean-Paul Goude, après une carrière américaine comme directeur artistique pour la revue *Esquire* et pour la chanteuse Grace Jones, réalisera la mise en scène de ce défilé en 1989.

9 *b* – Margot Fonteyn. Margot Fonteyn (1919-1991) fut la danseuse étoile qui dansa le plus souvent avec Rudolf Noureev (1938-1993).

10 *c* – Claude Santelli. Claude Santelli (1923-2001) a filmé pour la télévision de nombreuses adaptations des contes normands de Maupassant, notamment *Mademoiselle Fifi*, et la série *L'ami Maupassant* en 1986.

7 • LITTÉRATURE – POÉSIE

1 *b* – d'argot.

2 *a* – Jacques Bossuet. Jacques Bossuet (1627-1704) était célèbre pour ses sermons et ses oraisons funèbres qui étaient commandées pour célébrer la mort des grands du royaume (par exemple : *oraison funèbre* d'Henriette d'Angleterre).

3 *a* – écrire sous la dictée de l'inconscient. L'écriture automatique consiste à écrire sous la dictée de l'inconscient.

4 ***a et b*** – *Ulysse* et *Le bruit et la fureur*. Cette technique consiste à insérer dans la narration des idées, des émotions liées au personnage principal. Le monologue intérieur se présente comme un enchaînement de phrases intérieures qui tente de faire coïncider le rythme de l'esprit avec celui du roman. Cette technique est utilisée par James Joyce dans *Ulysse* (1922) et par William Faulkner dans *Le bruit et la fureur* (1931).

5 *c* – réécrire un texte avec d'autres mots mais sans rien changer au texte. La paraphrase est le fait de dire avec d'autres mots ce qui est dit dans un texte mais sans rien changer au sens du texte.

6 ***b et c*** – *Paroles* et *Choses et autres*. Jacques Prévert (1900-1977) a écrit les poèmes *Paroles* (1949) et *Choses et autres* (1972). Les poèmes *Chantefables* et *Chantefleurs* (1944) sont de Robert Desnos (1900-1945).

7 *a* – de la mythologie grecque. Orphée, héros de la mythologie grecque, chante si bien accompagné de sa lyre qu'il « envoûte » aussi bien les dieux, les hommes et les bêtes. Il représente le poète.

8 ***a, c et e*** – Louis Aragon, Paul Eluard et Robert Desnos. Les poètes de la résistance, militants, sont Louis Aragon (1897-1988), Paul Eluard (1895-1952) et Robert Desnos (1900-1945). Francis Ponge (1899-1988) et René Char (1907-1988) sont des poètes résistants mais ils ont évoqué leurs idées dans leur œuvre pas dans des tracts.

9 ***a, b et c*** – *Les lettres philosophiques* (Voltaire), *Les pensées philosophiques* (Diderot) et *L'Émile* (Rousseau).

10 *a* – récit en prose qu'une personne réelle fait de sa propre existence.

8 • VOCABULAIRE – ORTHOGRAPHE – GRAMMAIRE

1 *a* – Qui n'est pas fait exprès.

e – Qui est inattendu.

2 *b* – injurier

3 *g* – une soumission à quelqu'un

h – un serment envers son seigneur

4 *a* – De nombreuses personnes se sont écrit pour la nouvelles année (Il s'agit d'un verbe occasionnellement pronominal. Il n'y a pas de COD = pas d'accord).

Règle : Il existe deux sortes de verbes pronominaux :
– les verbes toujours pronominaux possèdent un pronom complément même à l'infinitif. Les participes passés des verbes toujours pronominaux s'accordent avec le sujet (placé après ou avant le participe passé) : elles se sont ingérées, ils se sont inquiétés ;
– les verbes occasionnellement pronominaux peuvent s'employer avec ou sans complément : ils se sont salué, ils ont salué ; ils se sont donné, ils ont donné ; ils se sont refusé, ils ont refusé ; ils se sont succédé, ils ont succédé et ils se sont communiqué, ils ont communiqué.
Les participes passés des verbes occasionnellement pronominaux s'accordent avec le complément d'objet direct placé avant le participe passé.

5 *d* – nous asseoions

6 *c* – où. « Où » avec accent est une conjonction de subordination, c'est « ou » sans accent qui est une conjonction de coordination.

7 *a* – des porte-paroles

Règle : un nom composé d'un verbe + un nom : la forme verbale reste invariable mais le nom prend le pluriel selon le sens.

8 *a* – intercalaire

c – étymologie

d – effigie

Il aurait fallu écrire :

b – connexion

e – éthique

f – éphémère

9 *d* – un armistice

f – un pétale

g – un intervalle

i – un éclair

10 *b* – Je vous prie d'agréer, Madame, mes salutations distinguées.

Selon l'usage : on n'emploie pas « expression » et « exprimer » avec « salutations » et « sincères », « dévouées » et « empressées » avec salutations.

9 • QUESTIONS À RÉPONSE COURTE

1) La Cour de justice des Communautés européennes (CJCE) est formée de 15 juges assistés de 9 avocats généraux nommés, pour 6 ans, d'un commun accord par les États membres. Elle constitue une juridiction obligatoire dans l'ordre juridique communautaire – indépendante – ouverte aux particuliers. Les arrêts de la Cour permettent l'émergence d'un véritable droit européen qui s'impose à tous. L'autorité des jugements de la Cour prévaut sur celle des divers tribunaux nationaux. La CJCE est à la fois un juge international réglant les litiges interétatiques, un juge constitutionnel répartissant les compétences entre les États et la Communauté et un juge administratif contrôlant la légalité des actes communautaires. Devant l'accroissement des affaires portées devant elle, un Tribunal de première instance (TPI) lui est adjoint.

2) L'étalon monétaire est le métal, la marchandise ou toute autre valeur adoptée conventionnellement qui sert de référence dans la définition de la valeur légale d'une monnaie. Le désir de mesurer la valeur d'une monnaie par rapport à une unité fixe répond au même besoin que celui d'exprimer une longueur ou un poids par rapport à une unité de référence, mètre étalon ou kilogramme étalon, en l'occurrence. L'étalon or se caractérise par le fait qu'une monnaie est, à tout instant, échangeable contre son équivalent en or auprès de la banque émettant cette monnaie. Ce système, en place aux XVIIe et XVIIIe siècles, fut abandonné au XXe siècle. Le dernier pays à pratiquer la convertibilité de sa monnaie en or furent les États-Unis qui y mirent fin en 1971. Aujourd'hui, la valeur d'échange des monnaies est dépendante du cours forcé d'une monnaie papier internationale.

3) Utilisée lors de la Seconde Guerre mondiale, la blitzkrieg ou « guerre éclair » est une stratégie militaire allemande offensive, combinant l'audace, l'effet de surprise, la rapidité et la mobilité. Elle se base sur l'utilisation simultanée des troupes blindées et aériennes afin de pénétrer profondément les lignes ennemies pour les désorganiser. En mai 1940, à la « drôle de guerre » caractérisée par une quasi-immobilité du front entre l'Allemagne et les Alliés succéda un mouvement extrêmement rapide des troupes allemandes vers l'ouest et le sud - les Pays-Bas, la Belgique et les Ardennes. La Wehrmacht parvint en quelques jours à enfoncer le front aux Pays-Bas, en Belgique, et à soumettre en quelques semaines la France. Des études récentes, notamment en Allemagne, remettent en cause le fait que la blitzkrieg fut une stratégie préméditée par Hitler. En effet, le haut-commandement allemand n'avait pas prévu un enchaînement aussi rapide du mouvement de ses troupes et de leurs victoires. Cette « guerre éclair » n'aurait réussi qu'en raison de l'incapacité du commandement français.

4) Jusqu'à l'apparition du génie génétique, la plupart des médicaments, substances relativement simples, étaient soit d'origine végétale (comme la morphine), soit extraits d'animaux (comme l'insuline de porcs ou de bœufs), soit produits par synthèse (comme l'aspirine, les psychotropes). Ces substances ne mimaient que grossièrement les molécules humaines et, tout en ayant un effet bénéfique, généraient dans bien des cas des réactions allergiques et des désordres physiologiques indésirables. Grâce au génie génétique, il est possible aujourd'hui de produire, par l'intermédiaire de bactéries, de levures, de cellules d'insectes ou de mammifères génétiquement modifiés, des substances thérapeutiques similaires à celles qui sont fabriquées par le corps humain. Le principe de la technique de l'ADN dit recombinant est d'intégrer dans le patrimoine génétique de bactéries ou de cellules animales cultivées les gènes humains responsables de la production de ces molécules, afin d'obtenir de ces dernières qu'elles assurent leur synthèse biologique, comme s'il s'agissait de leurs propres molécules. Cette technique donnera naissance d'ici à vingt ans à 50 % des médicaments.

5) Alfred Sauvy, économiste, sociologue et démographe français (1898-1990) fut directeur de l'Institut national d'études démographiques (INED) de 1945 à 1962 et représentant de la France à la Commission de la population de l'ONU. Il est auteur d'importants ouvrages sur la population et la croissance économique (Bien-Être et Population, 1945-1948 ; Théorie générale de la population, 1954 ; Croissance zéro, 1973 ; La Fin des riches, 1975). Il a intégré à ses études économiques une analyse approfondie des faits démographiques et sociaux. L'une de ses théories principales est que l'accroissement de la population constitue une pression créatrice sur l'ensemble de l'économie, à condition que celle-ci s'organise pour la supporter. Il est à l'origine de l'expression « tiers-monde » pour désigner l'ensemble des pays sous-développés.

Grille d'évaluation

Le total de points par test est de 100 points :

1 point par QCM : 80 QCM à 1 point = 80 points.

4 points par QRC : 5 QRC à 4 points = 20 points.

Moins de 35 points : niveau faible, une révision des connaissances de base s'impose, la pratique des tests de culture générale devrait vous aider dans ce sens.

De 35 à 45 points : niveau encore insuffisant, les bases sont fragiles et incomplètes, la technique des QCM n'est peut-être pas encore bien comprise.

De 45 à 55 points : niveau moyen, les bases sont dans l'ensemble assimilées, mais il faut absolument progresser afin justement de sortir de la moyenne des candidats.

De 55 à 75 points : niveau bon, quelques carences ponctuelles, les connaissances peuvent être encore renforcées par l'entraînement et des erreurs sont peut-être encore dues à une maîtrise imparfaite de la technique des QCM.

De 75 à 100 points : excellent niveau.

Niveau 1 – Test 3	*Total des points obtenus*
Instruction civique, Droit	… / 10
Histoire	… / 10
Géographie	… / 10
Économie	… / 10
Sculpture, Architecture, Peinture, Musique	… / 10
Cinéma,Télévision, Théâtre, Photographie	… / 10
Littérature, Poésie	… / 10
Vocabulaire, Orthographe, Grammaire	… / 10
Questions à Réponse Courte	… / 20
Total général	***… / 100***

Pour obtenir la note sur 20 :

$$\frac{\ldots\ldots\ldots}{5} = \ldots / 20$$

PARTIE 2

Tests de niveau 2

TEST 4

1 • INSTRUCTION CIVIQUE – DROIT

1 **L'ONU peut être amenée à intervenir dans les affaires intérieures d'un pays au nom :**

☐ a – des droits de l'homme
☐ b – du droit d'ingérence
☐ c – du droit de veto
☐ d – du droit universel

2 **La plus haute juridiction administrative est :**

☐ a – le Conseil constitutionnel
☐ b – la Cour de cassation
☐ c – le Conseil d'État
☐ d – la Cour des comptes
☐ e – la Cour administrative d'appel

3 **La contrainte par corps correspond à :**

☐ a – une convocation par le juge d'instruction
☐ b – une incarcération
☐ c – une condamnation
☐ d – une intervention d'un huissier
☐ e – la Cour administrative d'appel

4 **Les suffrages exprimés à l'occasion d'une élection représentent :**

☐ a – tous les bulletins de vote mis dans l'urne
☐ b – tous les bulletins de vote mis dans l'urne, sauf les nuls
☐ c – tous les bulletins de vote mis dans l'urne, sauf les blancs
☐ d – tous les bulletins de vote mis dans l'urne, sauf les blancs et les nuls
☐ e – le nombre d'électeurs inscrits sur les listes électorales

5 **L'initiative d'un projet de loi appartient :**

☐ a – à un député
☐ b – à un député ou un sénateur
☐ c – au Premier ministre
☐ d – au président de la République

6 **Le texte qui règle le fonctionnement d'une association est :**

☐ a – le règlement
☐ b – les statuts
☐ c – la convention
☐ d – le protocole

7 L'article 16 de la Constitution permet au président de la République :

- ☐ a – de dissoudre le Sénat
- ☐ b – de remplacer le Premier ministre
- ☐ c – d'avoir les pleins pouvoirs
- ☐ d – de dissoudre l'Assemblée nationale

8 La Cour de justice de la République est compétente pour juger :

- ☐ a – tout citoyen portant atteinte à la République
- ☐ b – le président de la République en cas de haute trahison
- ☐ c – tout ministre pour les crimes ou délits commis dans l'exercice de ses fonctions
- ☐ d – le président de la République pour les crimes ou délits commis dans l'exercice de ses fonctions

9 Le Conseil supérieur de la magistrature est présidé par :

- ☐ a – le président du Sénat
- ☐ b – le président de la République
- ☐ c – le président du Conseil d'État
- ☐ d – le garde des Sceaux
- ☐ e – le président du Conseil constitutionnel

10 Le code qui définit les infractions et les peines qui les sanctionnent s'appelle :

- ☐ a – le code civil
- ☐ b – le code général
- ☐ c – le code pénal
- ☐ d – le code du travail

2 • HISTOIRE

1 Le traité de Rome date :

- ☐ a – du 5 mai 1949
- ☐ b – du 18 avril 1951
- ☐ c – du 25 mars 1957
- ☐ d – du 15 juin 1959

2 La division de l'Empire britannique des Indes, en 1947, aboutit à la formation :

- ☐ a – d'un État indépendant : l'Inde
- ☐ b – de 2 États indépendants : l'Inde et le Pakistan
- ☐ c – de 3 États indépendants : l'Inde, le Pakistan et le Bangladesh

3 Quel aristocrate français est parti aider les colons américains dans leur guerre d'indépendance contre l'Angleterre ?

- ☐ a – le marquis de Ségur
- ☐ b – le marquis de La Fayette
- ☐ c – le comte de Maurepas
- ☐ d – le duc d'Aiguillon

4 Le 1er tour de France cycliste fut organisé en :

- ☐ a – 1895
- ☐ b – 1900
- ☐ c – 1903
- ☐ d – 1907

5 Associez chacun de ces rois avec leur surnom :

1 – le Bien Aimé
2 – le Juste
3 – Saint Louis
4 – le Grand

☐ a – ....Louis IX
☐ b – ....Louis XIII
☐ c – ....Louis XIV
☐ d – ....Louis XV

6 Les *Trois Glorieuses* correspondent :

☐ a – à la révolution de février 1848
☐ b – à la Commune de Paris de 1870
☐ c – au retour de Napoléon de l'île d'Elbe
☐ d – à la révolution de juillet 1830

7 Quelle maladie entraîna, au milieu du XIXe siècle, la grande famine en Irlande qui provoqua l'émigration d'un grand nombre d'Irlandais aux États-Unis ?

☐ a – la tuberculose
☐ b – le mildiou de la pomme de terre
☐ c – le phylloxera
☐ d – la peste

8 Jeanne d'Arc fut brûlée vive, le 30 mai 1431, sur la place du Vieux-Marché à :

☐ a – Compiègne
☐ b – Orléans
☐ c – Rouen
☐ d – Reims

9 Associez chacun de ces dictateurs avec son pays :

1 – Franco
2 – Hitler
3 – Salazar
4 – Mussolini

☐ a – ....Allemagne
☐ b – ....Espagne
☐ c – ....Italie
☐ d – ....Portugal

10 Lucy, nom donné au squelette presque complet mis à jour en 1974 par des anthropologues, appartient selon la classification des hominidés à la catégorie :

☐ a – des homo sapiens
☐ b – des australopithèques
☐ c – des homo erectus
☐ d – des néanderthaliens

3 • GÉOGRAPHIE

1 La mer des Sargasses se trouve :

☐ a – dans l'océan Indien
☐ b – dans la mer Méditerranée
☐ c – dans l'océan Atlantique
☐ d – dans l'océan Pacifique

2 Quelle est la capitale de l'Australie ?

☐ a – Melbourne
☐ b – Adélaïde
☐ c – Canberra
☐ d – Sydney

3 **Qu'est ce que la taïga ?**
- ☐ a – un désert
- ☐ b – une forêt
- ☐ c – une plaine

4 **Le long de quel fleuve Séville est-elle construite ?**
- ☐ a – l'Ebre
- ☐ b – le Tage
- ☐ c – le Guadalquivir
- ☐ d – le Guadiana

5 **Les forêts qui tiennent une place importante dans l'écologie de la planète couvrent environ :**
- ☐ a – 25 % des terres émergées
- ☐ b – 33 % des terres émergées
- ☐ c – 45 % des terres émergées
- ☐ d – 55 % des terres émergées

6 **Il y a actuellement dans le monde :**
- ☐ a – 150 000 kilomètres de frontières
- ☐ b – 250 000 kilomètres de frontières
- ☐ c – 350 000 kilomètres de frontières
- ☐ d – 450 000 kilomètres de frontières

7 **L'archipel des îles Hawaï se trouve :**
- ☐ a – dans le Pacifique Nord
- ☐ b – dans les Caraïbes
- ☐ c – dans l'Atlantique
- ☐ d – dans le Pacifique Sud

8 **La densité moyenne en France est :**
- ☐ a – d'environ 50 habitants au km^2
- ☐ b – d'environ 80 habitants au km^2
- ☐ c – d'environ 100 habitants au km^2
- ☐ d – d'environ 150 habitants au km^2

9 **Associez chacun de ces pays nordiques à sa capitale :**

1 – Copenhague
2 – Helsinki
3 – Oslo
4 – Reykjavik
5 – Stockholm

- ☐ a – ....le Danemark
- ☐ b – ....la Finlande
- ☐ c – ....l'Islande
- ☐ d – ....la Norvège
- ☐ e – ....la Suède

10 **Un tsunami est :**
- ☐ a – un art martial japonais
- ☐ b – une tempête
- ☐ c – un tremblement de terre
- ☐ d – un raz de marée

4 • ÉCONOMIE

1 Qu'est-ce que le système du transport combiné ?

□ a – l'association transport maritime et transport routier
□ b – l'association transport ferroviaire et transport routier
□ c – l'association transport ferroviaire et transport aérien
□ d – l'association transport maritime et transport aérien

2 La suspension de la convertibilité du dollar en or date de :

□ a – 1929
□ b – 1958
□ c – 1971
□ d – 1983

3 Associez à chaque grande culture, la famille à laquelle elle appartient :

1 – céréales
2 – oléagineux
3 – protéagineux

□ a – ....le blé
□ b – ....le colza
□ c – ....la fève
□ d – ....le lupin
□ e – ....le maïs
□ f – ....l'orge
□ g – ....les pois
□ h – ....le riz
□ i – ....le tournesol

4 Parmi les personnes suivantes, qui ne fait pas partie de la population active :

□ a – un chômeur
□ b – une femme au foyer
□ c – un stagiaire rémunéré en entreprise
□ d – un étudiant

5 De quelle bourse l'indice Nikkei est-il l'indice d'évolution des cours ?

□ a – Pékin
□ b – Singapour
□ c – Hong-kong
□ d – Tokyo

6 Une famille formée par les époux et leurs enfants est appelée :

□ a – une famille atomique
□ b – une famille nucléaire
□ c – une famille resserrée
□ d – une famille restreinte

7 La pratique qui consiste à vendre à l'étranger moins cher que sur le marché national s'appelle :

□ a – une délocalisation
□ b – le dumping
□ c – le protectionnisme
□ d – le lobbying

8 En 2002, quelle proportion des emplois les services occupent-ils en France ?

□ a – 47 % des emplois
□ b – 62 % des emplois
□ c – 73 % des emplois

9 La population mondiale est d'environ :

- ☐ a – 2,5 milliards
- ☐ b – 4,5 milliards
- ☐ c – 6 milliards
- ☐ d – 9,5 milliards

10 Le RMI a été créé en :

- ☐ a – 1981
- ☐ b – 1985
- ☐ c – 1988
- ☐ d – 1991

5 • SCULPTURE – ARCHITECTURE – PEINTURE – MUSIQUE

1 Parmi ces artistes, lesquels ont participé à l'œuvre *Le Cyclop* de Jean Tinguely, édifié à Milly-la-Forêt, près de Paris ?

- ☐ a – César
- ☐ b – Niki de Saint Phalle
- ☐ c – Daniel Spoerri
- ☐ d – Jean-Pierre Raynaud
- ☐ e – Jésus Raphael Soto

2 En histoire de l'art occidental, on considère que la perspective spatiale a été inventée par :

- ☐ a – Brunelleschi
- ☐ b – Vermeer de Delft
- ☐ c – Caravage
- ☐ d – Véronèse
- ☐ e – Piero Della Francesca

3 À Mycènes, très ancienne cité grecque, on trouve une tombe que l'on attribue à un grand roi. Quel est son nom ?

- ☐ a – Périclès
- ☐ b – Agamemnon
- ☐ c – Thésée
- ☐ d – Prométhée
- ☐ e – Alexandre le Grand

4 Quel style musical religieux a été créé sous l'égide d'un pape du VIe et VIIe siècle ?

- ☐ a – la musique vespérale
- ☐ b – la missa solemnis
- ☐ c – le chant grégorien
- ☐ d – la cantate

5 Lesquels de ces musiciens peuvent être considérés comme proches du mouvement symboliste né à la fin du XIXe siècle ?

- ☐ a – Robert Schumann
- ☐ b – Richard Wagner
- ☐ c – Claude Debussy
- ☐ d – Hector Berlioz
- ☐ e – Ludwig Van Beethoven

6 Parmi ces opéras, lesquels sont de Giacomo Puccini ?

- ☐ a – La bohème
- ☐ b – La Traviata
- ☐ c – Tosca
- ☐ d – Aida
- ☐ e – Turandot

7 En quelle année le premier Jardin des Plantes français a-t-il été créé à Montpellier ?

- ☐ a – 1593
- ☐ b – 1693
- ☐ c – 1793
- ☐ d – 1993

8 Quel peintre a inventé le mouvement du *suprématisme* ?

- ☐ a – Rothko
- ☐ b – Mondrian
- ☐ c – Malevitch
- ☐ d – Kandinsky

9 Quel monument fut érigé sur une place de Paris sous Napoléon 1er en 1810 ?

- ☐ a – l'Obélisque
- ☐ b – l'Eléphant de la Bastille
- ☐ c – la Colonne Vendôme
- ☐ d – l'Arc de Triomphe

10 Quel sculpteur réalisa six sculptures en 1996 pour le Mémorial de la Paix à Hiroshima ?

- ☐ a – Jean Raoux
- ☐ b – Daniel Buren
- ☐ c – Louis Derbré
- ☐ d – Arnaldo Pomodoro

6 • CINÉMA – TÉLÉVISION – THÉÂTRE – PHOTOGRAPHIE

1 Quel homme de télévision a inventé le mot *habillage* pour désigner la charte graphique d'une chaîne de télévision :

- ☐ a – Peter Knapp
- ☐ b – Etienne Robial
- ☐ c – Jean-Christophe Averty
- ☐ d – Robert Chazal

2 Qui a été un des co-fondateurs du journal *Pilote* tout en étant scénariste de nombreuses bandes dessinées telles *Astérix* et *Lucky Luke* ?

- ☐ a – André Franquin
- ☐ b – Albert Uderzo
- ☐ c – René Goscinny
- ☐ d – Philippe Druillet
- ☐ e – Jean-Claude Mezières

3 Pour quel film le réalisateur Maurice Pialat reçut-il la Palme d'Or au Festival de Cannes en 1987 ?

- ☐ a – *Van Gogh*
- ☐ b – *Police*
- ☐ c – *Sous le soleil de Satan*
- ☐ d – *Loulou*

4 Quel grand couturier recevra l'influence de la mode classique anglaise, notamment par les costumes de Cecil Beaton pour le film *My Fair Lady*, et ensuite s'inspirera du métissage culturel pour ses créations ?

- ☐ a – Yves-Saint-Laurent
- ☐ b – Coco Chanel
- ☐ c – Emporio Armani
- ☐ d – Christian Lacroix
- ☐ e – Paco Rabanne

5 Quel acteur de télévision, de cinéma et de théâtre était le partenaire de Micheline Presle dans le feuilleton *Les saintes chéries* diffusé en 1965 ?

- ☐ a – Pierre Vernier
- ☐ b – Jean Topard
- ☐ c – Daniel Gélin
- ☐ d – Jean-Marc Thibault

6 Parmi ces films, lesquels ne sont pas de Akira Kurosawa :

- ☐ a – *Rashomon*
- ☐ b – *L'empire des sens*
- ☐ c – *L'ombre du guerrier*
- ☐ d – *Les sept samourais*
- ☐ e – *Tigres et dragons*

7 Qui fut le chef opérateur du film *la Belle et la Bête* de Jean Cocteau?

- ☐ a – Henri Alekan
- ☐ b – Bruno Delbonnel
- ☐ c – Romain Winding
- ☐ d – Pitoff

8 Quel créateur de dessins animés a dessiné le personnage d'un coyote qui poursuit en vain des oiseaux dans le désert ?

- ☐ a – Walt Disney
- ☐ b – Joseph Barbera
- ☐ c – Chuck Jones
- ☐ d – William Hannah

9 Dans le film *La gifle*, qui joue le rôle du père d'Isabelle Adjani et ex-mari de Annie Girardot ?

- ☐ a – Alain Delon
- ☐ b – Jean-Paul Belmondo
- ☐ c – Paul Meurisse
- ☐ d – Lino Ventura

10 Quel dessinateur belge a créé la série des albums d'aventures d'espionnage *XIII* avec le scénariste Jean Van Hamme :

- ☐ a – William Vance
- ☐ b – Bob de Moor
- ☐ c – Schuittens
- ☐ d – Hermann

7 • LITTÉRATURE – POÉSIE

1 Qu'est-ce que le *deus ex machina* ?

- ☐ a – un dieu qui intervient brusquement sans rapport avec la logique de l'action
- ☐ b – un événement qui intervient sans rapport avec la logique de l'action
- ☐ c – un dieu qui apparaît sur la scène pour dénouer l'intrigue

2 Qui a écrit cette phrase : « Je suis moi-même la matière de mon livre » montrant que l'auteur inscrit sa vie dans ses œuvres ?

- ☐ a – Montaigne
- ☐ b – Rabelais
- ☐ c – Montesquieu
- ☐ d – Georges Sand
- ☐ e – Gustave Flaubert

3 **Qu'est-ce qu'une anagramme ?**

- ☐ a – une devinette
- ☐ b – une plaisanterie
- ☐ c – un mot obtenu par transposition des lettres d'un autre mot

4 **À quel genre appartient cette phrase de Voltaire : « C'est sans doute un très bel art que celui qui désole les campagnes, détruit les habitations, et fait périr, année commune, quarante mille hommes sur cent mille » ?**

- ☐ a – ironique
- ☐ b – tragique
- ☐ c – pathétique

5 **L'adjectif épistolaire correspond à :**

- ☐ a – des lettres authentiques
- ☐ b – des lettres fictives
- ☐ c – des romans rédigés à partir de lettres

6 **La contrepèterie consiste à :**

- ☐ a – répondre à une lettre en la réfutant
- ☐ b – débattre sur un sujet littéraire
- ☐ c – écrire une phrase en permutant au moins deux lettres

7 **Qu'est-ce qu'une catharsis ?**

- ☐ a – un mot emprunté au philosophe grec Aristote
- ☐ b – une légende cathare
- ☐ c – un procédé littéraire

8 **Longtemps tenu pour inintéressant, le thème de l'adolescence apparaît dans la littérature au XVIIIe siècle. Attribuez à chaque auteur son héros :**

1 – Fabrice
2 – Paul
3 – Emile
4 – Chérubin
5 – René

- ☐ a – ....Rousseau
- ☐ b – ....Beaumarchais
- ☐ c – ....Bernardin de Saint Pierre
- ☐ d – ....Chateaubriand
- ☐ e – ....Stendhal

9 **« Ô rage ! Ô désespoir ! Ô vieillesse ennemie ! N'ai-je donc tant vécu que pour vivre cette infamie ? ». Ces vers célèbres sont de :**

- ☐ a – Molière dans *L'Avare*
- ☐ b – Corneille dans *le Cid*
- ☐ c – Racine dans *Phèdre*

10 **« Le coeur a ses raisons que la raison ne connaît point. » Cette phrase célèbre est de :**

- ☐ a – Victor Hugo
- ☐ b – Blaise Pascal
- ☐ c – Lamartine
- ☐ d – Alfred de Musset

8 • VOCABULAIRE – ORTHOGRAPHE – GRAMMAIRE

1 Dans les phrases suivantes, indiquez la phrase où le participe passé est correct :

☐ a – Les documents que les stagiaires ont classé sont très importants pour le service.

☐ b – Les documents que les stagiaires ont classer sont très importants pour le service.

☐ c – Les documents que les stagiaires ont classés sont très importants pour le service.

☐ d – Les documents que les stagiaires ont classées sont très importants pour le service.

2 Que signifie le mot obsolète ?

☐ a – qui est démodé

☐ b – qui est hors d'usage

☐ c – qui est isolé

☐ d – qui est adéquat

☐ e – qui est incapable de supporter quelqu'un ou quelque chose

☐ f – qui est respectueux à l'égard d'un supérieur

3 Quelle est la particularité des mots suivants : acception et acceptation ?

☐ a – euphémisme

☐ b – paronyme

☐ c – homonyme

☐ d – synonyme

4 Au présent à la 2e personne du pluriel, le verbe médire s'écrit :

☐ a – vous médisez

☐ b – vous médîtes

☐ c – vous médissez

5 Quelles sont les formules correctes :

☐ a – Le différent qui leur nuit.

☐ b – Le différend qui leur nuit.

☐ c – Il va de mal en pire.

☐ d – Il va de mal en pis.

6 Quel est le pluriel de laissez-passer ?

☐ a – des laissé-passer

☐ b – des laissés passer

☐ c – des laissez-passer

☐ d – des laissers passers

7 Dans chaque groupe de deux expressions, cochez celle qui est correcte :

☐ a – Ils ont à faire à quelqu'un.

☐ b – Ils ont affaire à quelqu'un.

☐ c – Ils sont convenus d'un prix.

☐ d – Ils ont convenu d'un prix.

☐ e – La maison est de plain-pied.

☐ f – La maison est de plein-pied.

☐ g – Il se rappelle de quelque chose.

☐ h – Il se rappelle quelque chose.

☐ i – Il se souvient de quelque chose.

☐ j – Il se souvient quelque chose.

8 Cochez la ou les phrases orthographiées correctement :

- ☐ a – Je me permet de vous adresser ma candidature.
- ☐ b – Vous pourrez constaté, à la lecture de mon curriculum vitae, que j'ai acquit de solides compétences.
- ☐ c – Dans ce séjour au Centre de Montagne, les épreuves se sont succédées sans qu'il nous est été possible d'en échapper à une seule.
- ☐ d – L'emploie du temps s'est révélé fort charger.
- ☐ e – L'encadrement s'est investi dans notre développement personnel et professionnel.

9 Cochez les phrases bien orthographiées :

- ☐ a – Cette pollution de la mer s'étend sur plus de trois-cent kilomètres carrés.
- ☐ b – Ce bureau vaut cinq mille euros.
- ☐ c – Il a signalé une perte de cent vingt millions d'euros.
- ☐ d – Il a dépensé quatre-vingt euros.

10 Quelles sont les phrases correctes ?

- ☐ a – J'aurais voulu qu'il eut plus d'attention à mon égard.
- ☐ b – J'aurai voulu qu'il eut plus d'attention à mon égard.
- ☐ c – J'aurais voulu qu'il eût plus d'attention à mon égard.
- ☐ d – J'aurai voulu qu'il eût plus d'attention à mon égard.

9 • QUESTIONS À RÉPONSE COURTE

1 *Les attributions des chambres régionales des comptes :*

2 *Gandhi :*

3 *La Silicon Valley :*

4 *L'OMC :*

5 *Les privatisations :*

Réponses aux questions

1 • INSTRUCTION CIVIQUE – DROIT

1 *b* – du droit d'ingérence. Lors de sa création, l'ONU (Organisation des Nations Unies) spécifie dans ses statuts le droit d'ingérence (article 42). Ce droit a été redéfini par l'ONU en 1991 : le droit d'ingérence existe lorsque « la violation des droits de l'homme dans un État constitue une menace pour la paix et la sécurité internationale ».

2 *c* – le Conseil d'État. Le Conseil d'État est la plus haute juridiction de l'ordre administratif. La Cour de cassation est la plus haute juridiction de l'ordre judiciaire.

3 *c* – une incarcération. La contrainte par corps correspond à l'incarcération (l'emprisonnement) d'une personne.

4 *d* – tous les bulletins de vote mis dans l'urne, sauf les blancs et les nuls. Les suffrages exprimés ne tiennent compte ni des bulletins blancs (l'électeur n'ayant pas choisi de candidat) ni des bulletins nuls (l'électeur ayant annoté son bulletin).

5 *c* – au Premier ministre. L'initiative législative appartient au Premier ministre s'il s'agit d'un projet de loi, aux parlementaires s'il s'agit d'une proposition de loi.

6 *b* – les statuts. Les statuts sont rédigés lors de la création d'une association. Ils sont ensuite enregistrés à la Préfecture ce qui permet à l'association d'exister légalement. Ils fixent les modalités de fonctionnement de l'association.

7 *c* – d'avoir les pleins pouvoirs. L'article 16 de la Constitution permet au président de la République l'exercice de pouvoirs exceptionnels en cas de crise grave (menace sur les institutions de la République, sur l'indépendance de la nation, sur l'intégrité de son territoire ou l'exécution de ses engagements ou en cas d'interruption du fonctionnement régulier des pouvoirs publics). Le président de la République doit au préalable consulter le Premier ministre, les présidents des deux assemblées et le président du Conseil

constitutionnel. Il en informe ensuite la nation par un message présidentiel. Le Parlement se réunit de plein droit. L'Assemblée nationale ne peut être dissoute et aucune motion de censure ne peut être déposée. L'article 16 a été mis en œuvre une seule fois, en 1961, par le général de Gaulle, dans le cadre de la crise engendrée par la guerre d'Algérie.

8 *c* – tout ministre pour les crimes ou délits commis dans l'exercice de ses fonctions. La Cour de justice de la République est compétente pour juger les ministres pour les crimes ou délits commis dans l'exercice de leurs fonctions. La Haute Cour de justice est seule compétente pour juger le président de la République en cas de haute trahison.

9 *b* – le président de la République. Le Conseil supérieur de la magistrature est présidé par le président de la République. Le ministre de la justice (le garde des Sceaux) en est le vice-président de droit. Il peut suppléer le président de la République.

10 *c* – le code pénal. Le code pénal définit les infractions et les peines encourues en cas de non-respect de la loi. Le code civil définit les règles de la vie en société et le code du travail réglemente les relations entre employeurs et salariés.

2 • HISTOIRE

1 *c* – du 25 mars 1957. Le traité de Rome, ratifié par 6 pays : Allemagne, Belgique, France, Italie, Luxembourg et Pays-Bas, crée l'EURATOM (la Communauté Européenne de l'Énergie Atomique, la CEEA) qui a pour but de promouvoir l'exploitation pacifique de l'énergie atomique et la CEE (la Communauté Économique Européenne) qui a pour but la libre circulation des personnes, des marchandises et des capitaux entre les pays membres.

2 *b* – de 2 états indépendants : l'Inde et le Pakistan. La division de l'Empire britannique des Indes, en 1947, aboutit à la formation de 2 États indépendants : l'Inde et le Pakistan. En 1971, le Pakistan se scinde donnant naissance au Bangladesh.

3 *b* – le marquis de La Fayette. Le marquis de La Fayette (1757-1834), passionné par les idées des philosophes, adhère sans réserve aux principes de la Déclaration d'indépendance américaine et décide d'apporter son aide aux colons américains dans leur guerre d'indépendance contre l'Angleterre. Il fait armer un bateau et, en dépit de l'opposition royale, s'embarque pour Philadelphie en 1777. Malgré le rôle qu'il joua dans les révolutions de 1789 et de 1830, il est surtout demeuré, pour la postérité, le héros de l'indépendance américaine.

4 *c* – 1903. Le 1er tour de France cycliste fut organisé par Henri Desgranges en 1903, du 1er juillet au 19 juillet. La distance à parcourir était de 2 428 km avec des étapes de nuit. Le vainqueur fut Maurice Garin.

5 *a 3* – Louis IX (1214-1270) : Saint Louis (roi de France de 1226 à 1270)

b 2 – Louis XIII (1601-1643) : le Juste (roi de France de 1610 à 1643)

c 4 – Louis XIV (1638-1715) : le Grand, le Roi Soleil (roi de France de 1643 à 1715)

d 1 – Louis XV (1710-1774) : le Bien Aimé (roi de France de 1715 à 1774)

6 *d* – à la révolution de juillet 1830. Les *Trois Glorieuses* (27, 28, 29 juillet 1830) sont les journées d'insurrection à Paris qui provoquèrent la chute de Charles X et aboutirent à l'avènement de Louis-Philippe 1er. À la monarchie de la Restauration se substitue une monarchie constitutionnelle qui prit le nom de monarchie de Juillet et dura jusqu'en février 1848. L'avènement de Louis-Philippe 1er provoque un bouleversement dynastique sur le trône de France : les Bourbons faisaient place aux Orléans.

7 *b* – le mildiou de la pomme de terre. Au milieu du XIXe siècle, l'Irlande a la plus forte densité de population d'Europe. Son économie reposant essentiellement sur l'agriculture, le mildiou de la pomme de terre, maladie inconnue jusque-là en Irlande, en détruisant la majorité des cultures, provoqua la grande famine de 1845 à 1848. Entre 1846 et 1855, plus de 750 000 Irlandais succombèrent aux effets de la famine, et plus d'un million émigrèrent outre-Atlantique.

8 *c* – Rouen. Jeanne d'Arc (1412-1431), dite aussi La Pucelle d'Orléans, fut condamnée, à la suite d'un procès qui dura 4 mois, à être brûlée vive sur la place du Vieux-Marché à Rouen. Jeanne se considérait comme une envoyée de Dieu pour combattre les Anglais et les bouter hors de France. Le 8 mai 1429, elle oblige les Anglais à lever le siège d'Orléans. Le 17 juillet 1429, elle fait sacrer Charles VII roi de France dans la cathédrale de Reims. Le 23 mai 1430, elle est capturée à Compiègne par un homme de guerre au service du duc de Bourgogne qui la vendit aux Anglais.

9 *a 2* – Hitler (1889-1945) fut dictateur en Allemagne de 1934 à 1945

b 1 – Franco (1892-1975) fut dictateur en Espagne de 1939 à 1975 *c 4* – Mussolini (1883-1945) fut dictateur en Italie de 1922 à 1943

d 3 – Salazar (1889-1970) fut dictateur au Portugal de 1932 à 1968

10 *b* – des australopithèques. Lucy est un australopithèque, de l'espèce Australopithecus afarensis, de sexe féminin dont les restes ont été mis au jour lors de fouilles effectuées dans les gisements de l'Afar (Éthiopie) en 1974. Lucy a vécu il y a environ 3,5 millions d'années.

3 • GÉOGRAPHIE

1 *c* –dans l'océan Atlantique. La mer des Sargasses se trouve dans l'océan Atlantique au nord de l'île de Saint-Domingue. Son nom provient du nom donné aux algues qui y flottent.

2 *c* – Canberra. La capitale fédérale de l'Australie est Canberra située à 300 km au sud-ouest de Sydney et à 650 km au nord-est de Melbourne. Elle fut choisie pour remplacer Melbourne comme capitale de l'Australie en 1929. Sa construction dura de 1913 à 1929. Elle fut édifiée selon les plans de l'architecte américain Walter Burley Griffin choisi à l'issue d'un concours international organisé en 1911-1912.

3 *b* – une forêt. La taïga est le nom donné, en russe, à la forêt boréale eurasiatique, qui s'étend au nord du 60e parallèle. Elle s'étend d'un seul tenant sur une bande de 1 000 km de large, de la Norvège aux monts de Verkhoïansk en Eurasie. À la hauteur du cercle polaire arctique elle passe par transitions à la toundra. Par extension, le terme de taïga est utilisé pour désigner la forêt boréale aussi bien eurasiatique qu'américaine.

4 *c* – le Guadalquivir. Séville, dans l'antiquité Hispalis, est construite le long du fleuve Guadalquivir. Capitale de l'Andalousie, Séville est la troisième ville d'Espagne avec Valence après Madrid et Barcelone.

5 *b* – 33 % des terres émergées. Les forêts, présentes sur tous les continents à l'exception de l'Antarctique, couvrent un tiers des terres émergées avec des variations importantes selon les continents : 21 % en Afrique, 22 % en Océanie, 23 % en Asie, 32 % en Europe, 34 % en Amérique du Nord et 53 % en Amérique du Sud.

6 *b* – 250 000 kilomètres de frontières. Actuellement, il y a environ 250 000 kilomètres de frontières dans le monde. Ce chiffre est en constante évolution. En effet, avec la disparition de l'URSS, en 1990, les anciennes frontières séparant des États régions sont devenues des frontières séparant des États indépendants et souverains. En Europe, la dislocation de la Yougoslavie depuis 1994 est une autre source de croissance des frontières. En Afrique, de nouvelles frontières se créent. En 1900, il y avait deux fois moins de frontières ; les plus anciennes se situent en Europe de l'Ouest.

7 *a* – dans le Pacifique Nord. Les îles Hawaï, anciennement îles Sandwich, ont été découvertes par Cook en 1776. Elles sont situées dans le Pacifique Nord, à 3 700 km à l'ouest de San Francisco. L'archipel des îles Hawaï, composé de 122 îles et îlots dont douze habités, forme un État des États-Unis, l'un des plus petits (16 705 km²), le 50e et dernier par sa date d'accession à l'Union (1959). Il a pour capitale Honolulu.

8 *c* – d'environ 100 habitants au km². La France, avec une population de plus 60 millions de personnes réparties sur un territoire de 551 000 km², a une densité moyenne voisine de 103 habitants au km². La France est l'un des pays les moins densément peuplés d'Europe.

9 *a 1* – le Danemark : capitale Copenhague

b 2 – la Finlande : capitale Helsinki

c 4 – l'Islande : capitale Reykjavik

d 3 – la Norvège : capitale Oslo

e 5 – la Suède : capitale Stockholm

10 *d* – un raz de marée. Un tsunami est un mot japonais qui signifie raz de marée. Son origine est une puissante onde marine déclenchée par une instabilité accidentelle du fond marin (séisme ou mouvement tectonique, explosion volcanique…). Il peut se propager sur de très longues distances et provoquer un violent raz de marée en atteignant la côte. La vague ainsi engendrée se propage sur des milliers de kilomètres, à une vitesse considérable (800 km/h). Pouvant passer inaperçu en haute mer, le tsunami se dresse à l'approche de la côte en raison du relèvement des fonds marins provoquant sur le littoral une vague monstrueuse, atteignant couramment 20 à 30 m de hauteur, ravageant tout sur son passage. Ce phénomène est plus fréquent autour du Pacifique qu'en Atlantique ou en Méditerranée.

4 • ÉCONOMIE

1 *b* – l'association transport ferroviaire et transport routier. Le système du transport combiné associe le transport ferroviaire et le transport routier. Il permet l'acheminement du fret soit en chargeant sur des wagons les conteneurs ou les caisses mobiles de véhicules routiers (transport combiné non accompagné), soit en chargeant sur des wagons adaptés tous les types de camions (transport combiné accompagné).

2 *c* – 1971. Le système fondé sur la formule « le dollar est aussi bon que l'or » commence à vaciller en 1971, lorsque le président des États-Unis, Richard Nixon, annonce une suspension de la convertibilité or du billet vert ; il est définitivement abandonné quand, en février, il annonce une dévaluation de 10 % du dollar. Dès lors, le dollar n'a plus le rayonnement des années précédentes, même s'il reste le premier moyen de paiement.

3 *a* 1 – Le blé appartient à la famille des céréales.

b 2 – Le colza appartient à la famille des oléagineux.

c 3 – La fève appartient à la famille des protéagineux.

d 3 – Le lupin appartient à la famille des protéagineux.

e 1 – Le maïs appartient à la famille des céréales.

f 1 – L'orge appartient à la famille des céréales.

g 3 – Le pois appartient à la famille des protéagineux.

h 1 – Le riz appartient à la famille des céréales.

i 2 – Le tournesol appartient à la famille des oléagineux.

4 *b et d* – une femme au foyer et un étudiant. La population active est composée des personnes ayant ou cherchant un emploi alors que les inactifs rassemblent toutes les autres personnes (enfants, étudiants, ménagères, retraités…). Une personne inactive peut fort bien avoir d'intenses occupations laborieuses, comme une mère de famille gérant son foyer, mais elle n'est pas rémunérée.

5 *d* – Tokyo. L'indice Nikkei est l'indice de la bourse de Tokyo qui repose sur 225 valeurs très échangées.

6 *b* – une famille nucléaire. Une famille formée par les époux et leurs enfants est appelée une famille nucléaire. Par opposition à une famille étendue ou élargie qui groupe, parfois dans une même unité résidentielle, trois ou quatre générations.

7 *b* – le dumping. Le dumping caractérise une pratique qui consiste à offrir des produits sur un marché étranger à des prix inférieurs à ceux qui sont pratiqués dans son propre pays. Ce terme est aussi employé dans le sens de concurrence déloyale.

8 *c* – 73 % des emplois. En 2002, les services occupent, en France, 73 % des emplois contre 22,7 % pour l'industrie et le bâtiment et seulement 4,1 % pour l'agriculture.

9 *c* – 6 milliards. La population mondiale est estimée à 6,2 milliards d'hommes. On estime que la planète comptait 800 millions d'habitants en 1750, 1 milliard en 1800, 1,6 milliard en 1900 et 2,5 milliards en 1950. Les prévisions pour 2025 sont de 8 milliards d'habitants.

10 *c* – 1988. Le RMI (revenu minimum d'insertion) a été créé en décembre 1988 pour tenter de faire face à l'exclusion économique. Le dispositif du RMI avait pour but de répondre à un double objectif : le premier était de garantir à son bénéficiaire, outre l'accès à l'assurance maladie, un montant minimal de ressources différentiel et le deuxième était d'aider à son insertion par différentes actions (développement de l'autonomie sociale, acquisition d'une qualification professionnelle, participation à des activités d'intérêt général…). Le bénéfice du RMI n'est pas limité aux seuls titulaires de la nationalité française ; les étrangers peuvent en bénéficier s'ils résident (en toute légalité) sur le territoire du pays.

5 • SCULPTURE – ARCHITECTURE – PEINTURE – MUSIQUE

1 *Toutes les réponses sont bonnes* – Débutée en 1969, l'oeuvre est une collaboration de quinze artistes, invités par Jean Tinguely à participer à cette grande aventure. En 1987, Jean Tinguely et Niki de Saint Phalle ont fait don du *Cyclop* à la France. La sculpture a été inaugurée officiellement et ouverte au public en 1994.

2 *a* – Brunelleschi. Brunelleschi (1377-1446) est l'inventeur, en 1413, de la perspective conique. Architecte, il laisse une œuvre réalisée, pour l'essentiel, à Florence pendant la première moitié du Quattrocento.

3 *b* – Agamemnon. Le célèbre tombeau à coupole que l'on désigne sous le nom de *tombeau d'Agamemnon*, appellation toutefois dépourvue de réel sens historique, fut construit à côté de la forteresse de Mycènes.

4 *c* – le chant grégorien. À partir du VIIe siècle, le Pape Grégoire le Grand (537-604) décide de réformer le chant liturgique. Il fait ajouter la récitation du *Pate*r à la messe, compose un *sacramentaire* et une codification du chant liturgique qui porte son nom. Dès lors, le recueil de tous les chants chrétiens sera qualifié de grégorien.

5 ***b et c*** – Richard Wagner et Claude Debussy. En 1886, le poète Jean Moréas (1856-1910) publia dans le Figaro un article généralement considéré comme l'acte de naissance du symbolisme : *le Manifeste du symbolisme*. Partant de la poésie, ce mouvement touche aussi le roman, le théâtre, la peinture et la musique. Richard Wagner (1813-1883) et Claude Debussy (1862-1918) font partie de ce mouvement.

6 ***a, c et e*** – *La bohème*, *Tosca* et *Turandot*. *Turandot*, incomplet à la mort de Puccini (1858-1924), fut achevé par Francesco Alfano et joué en 1926 sous la direction de Arturo Toscanini.

7 *a* – 1593. Créé par Henri IV (1589-1610), le jardin des Plantes de Montpellier avait pour objet l'enseignement de la botanique médicale.

8 *c* – Malevitch. Par sa trilogie des *carrés noir, rouge et blanc*, peinte à partir de 1913, Kazimir Severinovitch Malevitch (1878-1935) inaugure le mouvement suprématiste.

9 *c* – La colonne Vendôme. Erigée sur l'ordre de Napoléon en 1810, la colonne Vendôme fut fondue avec le bronze des canons ennemis pris à Austerlitz. Cette colonne fut renversée pendant la Commune de Paris de 1871 et relevée en 1874.

10 *c* – Louis Derbré. Né en 1925, autodidacte, Louis Derbré commence à sculpter en 1947. Il reçoit le prix Fénéon en 1951 et devient l'assistant de Gilioli pendant quatre ans. Il reçoit de nombreuses commandes dont *La Terre* pour la place des Reflets à La Défense près de Paris. En l'an 2000, une grande rétrospective lui a rendu hommage place Vendôme à Paris.

6 • CINÉMA – TÉLÉVISION – THÉÂTRE – PHOTOGRAPHIE

1 *b* – Etienne Robial. Etienne Robial a inventé ce nom lorsque il a travaillé pour Canal + en 1994. Ce terme a été repris par les autres chaînes de télévision y compris aux États-Unis.

2 *c* – René Goscinny. René Goscinny (1926-1977) fonde, en 1959, le journal *Pilote* qui sera racheté en 1960 par Georges Dargaud. René Goscinny entrera à son comité de rédaction.

3 *c* – *Sous le soleil de Satan*. Maurice Pialat (1925-2003) a reçu la Palme d'Or au Festival de Cannes en 1987 pour ce film joué par Gérard Depardieu et Sandrine Bonnaire.

4 *d* – Christian Lacroix. Christian Lacroix fut très influencé par le style anglais dans les années 1960. Il a été choisi pour dessiner le nouvel uniforme du personnel d'Air France.

5 *c* – Daniel Gélin. Daniel Gélin (1921-2002) a également joué pour *l'inspecteur Maigret* à la télévision et dans des films comme *L'homme qui en savait trop* d'Alfred Hitchcock en 1956 et *La vie est un long fleuve tranquille* d'Etienne Chatiliez en 1988.

6 ***b* et *e*** – *L'empire des sens* et *Tigres et dragons*. *L'empire des sens* a été réalisé par Nagisa Oshima en 1975 et *Tigres et Dragons* par Ang Lee en l'an 2000.

7 *a* – Henri Alekan. Henri Alekan (1909-2001) a été chef opérateur de Marcel Carné, Jean Cocteau, Abel Gance ou Wim Wenders. Un chef opérateur dirige une équipe qui a pour rôle de *fabriquer* l'ambiance lumineuse et la qualité photographique d'un film.

8 *c* – Chuck Jones. On doit à Chuck Jones (1902-2002) plus de trois cents dessins animés des *Looney Tunes* et des *Merrie melodies* pour la Warner Bros. Il avait aussi travaillé sur *Tom et Jerry* pour Metro Goldwyn Mayer.

9 *d* – Lino Ventura. Lino Ventura (1919-1987) était le père d'Isabelle Adjani dans le film *La gifle* de Claude Pinoteau en 1974.

10 *a* – William Vance. Depuis 1984, avec presque un tome chaque année, William Vance nous dessine les aventures d'un homme amnésique qui doit faire face à son passé dans le monde de l'espionnage.

7 • LITTÉRATURE – POÉSIE

1 *c* – un dieu qui apparaît sur la scène pour dénouer l'intrigue. Le *deus ex machina*, littéralement dieu descendu d'une machine, est dans le théâtre antique et classique un personnage mythologique que l'on faisait apparaître sur la scène au moyen d'une machinerie, pour donner à une pièce une conclusion que l'intrigue ne pouvait amener logiquement. Par extension, il désigne un personnage ou un événement imprévu qui intervient au moment opportun pour dénouer une situation sans issue.

2 *a* – Montaigne (1533-1592).

3 *c* – un mot obtenu par transposition des lettres d'un autre mot. Une anagramme est un mot composé avec les lettres d'un autre mot, placées dans un ordre différent : écrit est l'anagramme de récit, marche celui de charme.

4 *a* – ironique.

5 *a, b et c* – des lettres authentiques, des lettres fictives et des romans rédigés à partir de lettres. L'adjectif épistolaire désigne tout ce qui concerne les lettres. On parle de roman épistolaire lorsque le roman est une série de lettres échangées entre des personnages comme dans *La Nouvelle Héloïse* de Jean Jacques Rousseau (1712-1778) ou les *Liaisons dangereuses* de Pierre Choderlos de Laclos (1741-1803).

6 *c* – écrire une phrase en permutant au moins deux lettres. La contrepèterie, ou contrepetterie, est un jeu de mots consistant à intervertir des lettres ou des syllabes dans une phrase ou un groupe de mots, pour obtenir un sens amusant ou burlesque souvent érotique, voire obscène (par exemple : « Fuyez les messes folles » devient « Fuyez les fesses molles »).

7 *a* – un mot emprunté au philosophe grec Aristote. Pour lui, la représentation dramatique des passions humaines permet au spectateur de se libérer des passions qui pourraient être dangereuses. Il sort du spectacle purifié parce qu'il a libéré ses passions en s'identifiant aux personnes ou situations sur scène. La catharsis est aussi une méthode thérapeutique utilisée par la psychanalyse qui consiste à faire ressurgir de l'inconscient des souvenirs refoulés, de manière à provoquer une décharge émotionnelle plus ou moins forte, à valeur libératrice.

8 *a 3* – Rousseau (1712-1728) : Emile dans *Les confessions*

b 4 – Beaumarchais 1732-1799) : Chérubin dans *Le Mariage de Figaro*

c 2 – Bernardin de Saint Pierre(1737-1814) : Paul dans *Paul et Virginie*

d 5 – Chateaubriand (1768-1848) : René dans les *Mémoires d'Outre Tombe*

e 1 – Stendhal (1783-1842) : Fabrice dans *La Chartreuse de Parme*

9 *b* – Corneille dans *le Cid*. Ses vers célèbres sont de Corneille (1606-1684) dans *le Cid*. Il s'agit de la scène où Don Diègue a reçu un soufflet du Comte.

10 *b* – Blaise Pascal. Cette phrase célèbre est de Blaise Pascal (1623-1662) dans *Les pensées*.

8 • VOCABULAIRE – ORTHOGRAPHE – GRAMMAIRE

1 *a* – Les documents que les stagiaires ont classés sont très importants pour le service (le complément d'objet direct « documents » est placé avant le participe passé = accord du participe passé avec le COD).

Règle : le participe passé employé avec l'auxiliaire avoir s'accorde en genre (masculin ou féminin) et en nombre (singulier ou pluriel) avec le complément d'objet direct placé avant lui.

2 *b* – qui est hors d'usage.

3 *b* – paronyme : des mots de sens différents mais de forme voisine.

4 *a* – vous médisez. Ce verbe ne se conjugue pas comme « dire » (vous dites) mais comme « contredire » et « prédire ».

5 *b* – Le différend qui leur nuit (différend = est un nom qui signifie désaccord, litige alors que différent avec un t est un adjectif qui signifie opposé, divergent, autre).

d – Il va de mal en pis (pis est l'adjectif comparatif de mal, pire est le comparatif de mauvais).

6 *c* – des laissez-passer. Dans les noms composés (verbe + verbe, les deux formes restent toujours invariables).

7 *b* – Ils ont affaire à quelqu'un. (= c'est se trouver en rapport avec lui, avoir à lui parler)

c – Ils sont convenus d'un prix.

e – La maison est de plain-pied.

h – Il se rappelle quelque chose.

i – Il se souvient de quelque chose.

8 *e* – L'encadrement s'est investi dans notre développement personnel et professionnel.

Il aurait fallu écrire :

a – Je me permets de vous adresser ma candidature.

b – Vous pourrez constater, à la lecture de mon curriculum vitae, que j'ai acquis de solides compétences.

c – Dans ce séjour au Centre de Montagne, les épreuves se sont succédé sans qu'il nous ait été possible d'en échapper à une seule.

d – L'emploi du temps s'est révélé fort chargé.

9 *b* – Ce bureau vaut cinq mille euros.

c – Il a signalé une perte de cent vingt millions d'euros (il s'agit d'un nom, il s'accorde).

Règle : tous les adjectifs numéraux cardinaux sont invariables sauf vingt et cent qui prennent la lettre « *s* » quand ils sont multipliés et qu'ils ne sont pas suivis d'un autre nombre.

Il aurait fallu écrire :

a – Cette pollution dans la mer s'étend sur plus de trois cents kilomètres carrés.

d – Il a dépensé quatre-vingts euros.

10 *b* – J'aurai voulu qu'il eut plus d'attention à mon égard.

c – J'aurais voulu qu'il eût plus d'attention à mon égard.

9 • QUESTIONS À RÉPONSE COURTE

1) Les chambres régionales des comptes, créées par la loi du 2 mars 1982, ont 3 grandes attributions :

- *donner au préfet, sur sa demande, un avis sur les budgets des collectivités territoriales, notamment dans les cas où le budget n'est pas en équilibre, ne comporte pas les dépenses obligatoires, n'a pas été adopté dans les délais ou si l'arrêté des comptes de l'exercice précédent fait apparaître un déficit ;*
- *juger les comptes des comptables publics de ces collectivités : droit de communication de tout document relatif aux personnes soumises à son contrôle, pouvoir d'enquête (sur pièce et sur place) ;*
- *examiner la gestion de ces collectivités et des organismes en dépendant et leur présenter des observations sur leur gestion.*

Les jugements des cours régionales des comptes sont susceptibles d'appel devant la Cour des comptes.

2) Mohandas Karamchand Gandhi, surnommé le Mahatma Gandhi « Grande Âme » (1869-1948), philosophe et homme politique indien, est né dans une famille indienne aisée. Il rompt avec son milieu pour partir faire ses études de droit en Grande-Bretagne où il devient avocat en 1891. Il exerça d'abord à Bombay, puis en Afrique du Sud où il se fit le défenseur des Indiens victimes de l'injustice et de la discrimination raciale. À son retour en Inde, en 1914, Gandhi s'engage dans la lutte contre l'oppression coloniale anglaise. Il fut emprisonné à plusieurs reprises pour avoir prêché la désobéissance civile. Il fut le plus fervent avocat de la doctrine de la Satyagraha « l'étreinte de la vérité » qui s'accompagne de l'Ahimsa « la non-violence active » – la vérité est la fin, la non-violence est le moyen – de l'égalité des droits entre les hommes, réclamant la réhabilitation des intouchables (les ahrijans) et de l'entente des communautés religieuses (hindous et musulmans). Ses modes d'actions assurent à Gandhi une notoriété universelle. Il est devenu par son charisme le « Père de la nation ». Son influence politique fut grande sur le parti du Congrès. Emprisonné pendant la guerre (1942-1944), il participa néanmoins aux négociations pour l'indépendance de l'Inde (15 août 1947) où, malgré ses efforts, il ne put empêcher la partition de l'Empire en deux dominions, le Pakistan et l'Inde. Gandhi fut assassiné le 30 janvier 1948, lors d'une prière publique, par un brâhmane fanatique.

3) La Silicon Valley est le nom familier donné à la vallée de San José (Californie). Jusqu'au milieu des années 60, la vallée de San José est une huerta pratiquant la culture irriguée de l'oranger et de l'abricotier. Mais proche de San Francisco et de son université d'où sortent de nombreux ingénieurs et chercheurs désireux de créer une entreprise sans s'éloigner de l'alma mater (la mère nourricière), la huerta va devenir une gigantesque communauté scientifique et technique, berceau d'Apple, de Microsoft…
La Silicon Valley ou « Vallée du silicium ». tire son nom des cristaux (ou puces) de silicium sur lesquels on grave les microprocesseurs. En effet, cette vallée détient la plus forte concentration des États-Unis, et sans doute du monde, d'entreprises spécialisées dans l'électronique (fabrication de matériel informatique, conception de logiciels, et recherche sur les télécommunications et le multimédia).

4) L'Organisation mondiale du commerce (OMC) a été créée le 1er janvier 1995 dans le cadre des négociations du Cycle d'Uruguay (1986-1994) pour remplacer le GATT (Accord Général sur les tarifs douaniers et le commerce, conclu en 1947). L'OMC est une organisation de l'ONU (Organisation des Nations Unies) dont le siège est à Genève. L'OMC regroupe, au 1er janvier 2003, 145 pays. Elle est la seule organisation internationale qui s'occupe des règles régissant le commerce entre les pays. Sa principale fonction est de favoriser, autant que possible, la bonne marche, la prévisibilité et la liberté des échanges. Elle s'acquitte de cette mission en servant de cadre aux négociations commerciales, en réglant les différends commerciaux, en examinant les politiques commerciales nationales, en aidant les pays en développement dans le domaine de la politique commerciale et en coopérant avec d'autres organisations internationales.

5) La privatisation est, au sens strict, un transfert de la propriété d'une entreprise du secteur public au secteur privé. Depuis le milieu des années 1980, la privatisation d'entreprises publiques est un phénomène qui s'est généralisé. Les privatisations, étant donné la taille des entreprises publiques, drainent des sommes d'argent considérables. Plusieurs logiques expliquent les décisions de privatisation de la part des pouvoirs publics :
- *réduire le déficit budgétaire ;*
- *favoriser l'adaptation des entreprises publiques aux nouvelles données de l'économie, le statut d'entreprise publique rendant difficiles les rapprochements ou fusions avec des partenaires privés et étrangers ;*
- *développer l'actionnariat populaire, notamment en favorisant l'achat d'actions par les salariés de l'entreprise publique concernée par la privatisation ;*
- *stimuler l'activité boursière par la taille des flux financiers que la privatisation génère.*

Grille d'évaluation

Le total de points par test est de 100 points :

1 point par QCM : 80 QCM à 1 point = 80 points.

4 points par QRC : 5 QRC à 4 points = 20 points.

Moins de 35 points : niveau faible, une révision des connaissances de base s'impose, la pratique des tests de culture générale devrait vous aider dans ce sens.

De 35 à 45 points : niveau encore insuffisant, les bases sont fragiles et incomplètes, la technique des QCM n'est peut-être pas encore bien comprise.

De 45 à 55 points : niveau moyen, les bases sont dans l'ensemble assimilées, mais il faut absolument progresser afin justement de sortir de la moyenne des candidats.

De 55 à 75 points : niveau bon, quelques carences ponctuelles, les connaissances peuvent être encore renforcées par l'entraînement et des erreurs sont peut-être encore dues à une maîtrise imparfaite de la technique des QCM.

De 75 à 100 points : excellent niveau.

Niveau 2 – Test 4	*Total des points obtenus*
Instruction civique, Droit	… / 10
Histoire	… / 10
Géographie	… / 10
Économie	… / 10
Sculpture, Architecture, Peinture, Musique	… / 10
Cinéma,Télévision, Théâtre, Photographie	… / 10
Littérature, Poésie	… / 10
Vocabulaire, Orthographe, Grammaire	… / 10
Questions à Réponse Courte	… / 20
Total général	***… / 100***

Pour obtenir la note sur 20 :

$$\frac{\boxed{\ldots\ldots\ldots}}{5} = \ldots / 20$$

TEST 5

1 • INSTRUCTION CIVIQUE – DROIT

1 Le Congrès est présidé par :

- ☐ a – le président du Sénat
- ☐ b – le président de l'Assemblée nationale
- ☐ c – le Premier ministre
- ☐ d – le doyen d'âge

2 Une loi organique a pour objet de préciser les dispositions :

- ☐ a – de la Constitution
- ☐ b – d'une ordonnance
- ☐ c – du règlement de l'Assemblée nationale

3 Le pouvoir de représentation accordé à une personne par les électeurs s'appelle :

- ☐ a – la représentativité
- ☐ b – le suffrage
- ☐ c – le mandat
- ☐ d – la délégation

4 Le Parlement se réunit de plein droit :

- ☐ a – en une session ordinaire par an
- ☐ b – en deux sessions ordinaires par an
- ☐ c – en trois sessions ordinaires par an

5 Lorsque le président de la République envisage de dissoudre l'Assemblée nationale, il doit consulter obligatoirement :

- ☐ a – le Premier ministre
- ☐ b – le président du Conseil constitutionnel
- ☐ c – le président de l'Assemblée nationale
- ☐ d – le président du Sénat
- ☐ e – le président du Conseil d'État

6 Les préfets sont nommés par :

- ☐ a – par décret du Premier ministre sur proposition du ministre de l'Intérieur
- ☐ b – par décret du ministre de l'Intérieur
- ☐ c – par décret du président de la République en Conseil des ministres

7 Un parti politique doit à l'occasion de sa création déposer ses statuts selon la loi de :

- ☐ a – 1864
- ☐ b – 1884
- ☐ c – 1901
- ☐ d – 1946

8 La collectivité en charge des collèges est :

☐ a – la commune
☐ b – le canton
☐ c – le département
☐ d – la région

9 Le contentieux référendaire est de la compétence :

☐ a – de la Haute Cour de justice
☐ b – du Conseil constitutionnel
☐ c – du Conseil d'État
☐ d – de la Cour de cassation

10 La conférence de San Francisco, du 25 avril au 26 juin 1945, qui décida la création de l'Organisation des Nations Unies réunissait :

☐ a – 20 États
☐ b – 33 États
☐ c – 51 États
☐ d – 61 États

2 • HISTOIRE

1 Quel est le souverain français qui a d'abord été roi de Pologne ?

☐ a – Charles V
☐ b – Charles IX
☐ c – François II
☐ d – Henri III

2 Le fondateur de la dynastie royale des Carolingiens est :

☐ a – Charlemagne
☐ b – Pépin le Bref
☐ c – Charles Martel
☐ d – Louis 1er

3 Combien de victimes la Première Guerre mondiale a-t-elle fait en France ?

☐ a – 1,5 million de victimes
☐ b – 2 millions de victimes
☐ c – 2,5 millions de victimes

4 Quelle nuit de 1789 a vu l'Assemblée constituante proclamer l'abolition des privilèges ?

☐ a – la nuit du 20 juin 1789
☐ b – la nuit du 14 juillet 1789
☐ c – la nuit du 4 août 1789
☐ d – la nuit du 26 août 1789

5 La première bombe atomique française explose au Sahara en :

☐ a – 1948
☐ b – 1958
☐ c – 1960
☐ d – 1968

6 La Société des Nations a été créée en :

☐ a – 1905
☐ b – 1912
☐ c – 1919
☐ d – 1921

7 Le printemps de Prague a eu lieu en :
- ☐ a – 1950
- ☐ b – 1956
- ☐ c – 1968
- ☐ d – 1970

8 Parmi les généraux suivants lequel n'a pas participé *au putsch des généraux*, le 22 avril 1961, en Algérie ?
- ☐ a – le général Challe
- ☐ b – le général Jouhaud
- ☐ c – le général Salan
- ☐ d – le général Massu

9 L'auteur de la Déclaration d'indépendance des États-Unis est :
- ☐ a – George Washington
- ☐ b – Thomas Jefferson
- ☐ c – Abraham Lincoln
- ☐ d – Benjamin Franklin

10 En France, la peine de mort a été abolie en :
- ☐ a – 1951
- ☐ b – 1958
- ☐ c – 1968
- ☐ d – 1981

3 • GÉOGRAPHIE

1 Le plus haut sommet d'Afrique est :
- ☐ a – le Kilimandjaro
- ☐ b – Le mont Cameroun
- ☐ c – Le mont Kenya
- ☐ d – Le mont Ruwenzori

2 La doctrine qui prône le respect de l'environnement est :
- ☐ a – l'écologiste
- ☐ b – l'écologie
- ☐ c – le naturisme
- ☐ d – l'écologisme

3 L'Indus est :
- ☐ a – la monnaie de l'Inde
- ☐ b – un fleuve de l'Inde
- ☐ c – un fleuve du Pakistan
- ☐ d – une province de l'Inde

4 L'Armorique est le nom donné jusqu'au haut Moyen Âge à :
- ☐ a – l'Auvergne
- ☐ b – la Bretagne
- ☐ c – la Picardie
- ☐ d – la Bourgogne

5 Le Japon est constitué :
- ☐ a – d'une île
- ☐ b – de 4 îles
- ☐ c – de 40 îles
- ☐ d – de 4 000 îles

6 Un poudingue est :
- ☐ a – une terre gagnée sur la mer
- ☐ b – un gâteau anglais
- ☐ c – un conglomérat
- ☐ d – un insecte

7 La force du vent s'exprime en :

☐ a – degrés Beaufort
☐ b – degrés Fahrenheit
☐ c – degrés Celsius

8 Associez chacun des pays suivants avec sa capitale :

1 – Beyrouth
2 – Damas
3 – Kaboul
4 – Tirana

☐ a – ....l'Afghanistan
☐ b – ....l'Albanie
☐ c – ....le Liban
☐ d – ....la Syrie

9 La densité moyenne mondiale en 2001 est de :

☐ a – 20 h./km²
☐ b – 45 h./km²
☐ c – 51 h./km²
☐ d – 63 h./km²

10 Parmi ces pays, lequel n'a pas de frontière commune avec l'Afghanistan ?

☐ a – l'Ouzbékistan
☐ b – le Pakistan
☐ c – l'Azerbaïdjan
☐ d – le Turkménistan

4 • ÉCONOMIE

1 Qu'est-ce que l'OMC ?

☐ a – Organisation maritime commune
☐ b – Organisation mondiale du commerce
☐ c – Office mondial du cacao
☐ d – Organisation mondiale de la concurrence

2 Parmi les critères suivants, quels sont ceux qui sont pris en compte par le Bureau international du travail (BIT) pour être reconnu comme chômeur ?

☐ a – être sans emploi
☐ b – avoir travaillé précédemment
☐ c – être en recherche d'un emploi
☐ d – être disponible pour un emploi

3 La SAU est :

☐ a – une société d'aménagement urbain
☐ b – une surface agricole utile
☐ c – une superficie agricole utilisée
☐ d – une société d'agriculteurs unis

4 Associez chaque Bourse à son indice :

1 – le Dax 30
2 – le MIB 30
3 – le CAC 40
4 – le Bel 20

☐ a – ....la Bourse de Bruxelles
☐ b – ....la Bourse de Francfort
☐ c – ....la Bourse de Milan
☐ d – ....la Bourse de Paris

5 **L'importance de la répartition professionnelle de la population entre trois secteurs comme critère discriminant d'une économie a été mis en évidence par :**

- □ a – Malthus
- □ b – Marx
- □ c – Clark
- □ d – Samuelson

6 **La filiale créée par plusieurs sociétés désirant exploiter un savoir-faire en commun s'appelle :**

- □ a – une concession
- □ b – une holding
- □ c – un joint-venture
- □ d – une succursale

7 **Sur 100 € dépensés par un ménage en 2002, les dépenses alimentaires se montaient à environ :**

- □ a – 10 €
- □ b – 15 €
- □ c – 20 €
- □ d – 25 €

8 **En France, la production de pétrole est concentrée :**

- □ a – dans le Nord-Pas-de-Calais
- □ b – dans le Bassin parisien
- □ c – en Aquitaine
- □ d – dans le Midi-Pyrénées

9 **Quel pays a rejoint le G7 qui devient alors le G8 ?**

- □ a – la Chine
- □ b – le Japon
- □ c – l'Inde
- □ d – la Russie

10 **Un monopsone est la situation où, sur un marché :**

- □ a – un grand nombre de vendeurs fait face à un seul acheteur
- □ b – un seul vendeur n'a pu conclure sa transaction faute d'acheteurs
- □ c – un seul vendeur fait face à un grand nombre d'acheteurs
- □ d – il y a parfait équilibre entre le nombre d'acheteurs et celui de vendeurs

5 • SCULPTURE – ARCHITECTURE – PEINTURE – MUSIQUE

1 **À qui doit-on la construction du Canal du Midi ?**

- □ a – Baron de Freycinet
- □ b – Franqueville
- □ c – Daniel-Charles Trudaine
- □ d – Pierre-Paul de Riquet

2 **Qui a créé le quintette à cordes ?**

- □ a – Luigi Boccherini
- □ b – Haydn
- □ c – Clémentini
- □ d – Monteverdi

3 Quel académicien français, grand historien d'art, a, durant la Seconde Guerre mondiale, protégé les œuvres du Musée du Louvre de la convoitise du Maréchal Goering et de Hitler ?

☐ a – Jean d'Ormesson
☐ b – Jean Dutourd
☐ c – René Huyghe
☐ d – Maurice Rheims

4 Quel sculpteur exposa des personnages africains et des combattants de la bataille de Little-Big-Horn sur le Pont des Arts à Paris en 1999 ?

☐ a – Louise Nevelson
☐ b – Christo
☐ c – Ousmane Sow
☐ d – Takis

5 Quel peintre du XIXe siècle, à l'origine du mouvement réaliste, peignit le poète Charles Baudelaire dans son atelier ?

☐ a – Honoré Daumier
☐ b – Gustave Courbet
☐ c – Jean-François Millet
☐ d – Théodore Rousseau

6 Dans quel lieu de la Grèce antique une femme exerçait des prophéties pour exprimer la volonté du dieu Apollon ?

☐ a – Olympie
☐ b – Le défilé des Thermopyles
☐ c – Delphes
☐ d – Epidaure

7 En quelle année Verdi a-t-il créé AÏda ?

☐ a – 1793
☐ b – 1893
☐ c – 1898
☐ d – 1908

8 Quel sculpteur du début du siècle se lia successivement d'amitié avec Gauguin, les Nabis et Raoul Dufy ?

☐ a – Aristide Maillol
☐ b – François Pompon
☐ c – Rodin
☐ d – Bourdelle

9 Quel architecte français travailla à la construction de l'aéroport Charles-de-Gaulle, à la Grande Arche de la Défense et à l'Aéroport de Shangaï ?

☐ a – Ricardo Bofill
☐ b – Jean Prouvé
☐ c – Paul Andreu
☐ d – Mario Botta

10 Quel artiste du début du XXe siècle, influencé par les Nabis et le symbolisme, ouvrit le chemin de l'expressionnisme allemand avec son tableau *Le cri* ?

☐ a – Chaïm Soutine
☐ b – Edvard Munch
☐ c – Van Gogh
☐ d – Egon Schiele

6 • CINÉMA – TÉLÉVISION – THÉÂTRE – PHOTOGRAPHIE

1 Quel dessinateur du XIXe siècle a fait des caricatures du roi Louis Philippe en forme de poire et de Gargantua ?

☐ a – Gustave Doré
☐ b – Honoré Daumier
☐ c – Steinlein
☐ d – Adolphe Léon Willette

2 Quel célèbre reporter pris la photographie d'un homme debout, touché par une balle, lors de la Guerre d'Espagne en 1936 ?

☐ a – Robert Capa
☐ b – Robert Frank
☐ c – Bill Brandt
☐ d – Marc Garanger

3 Dans l'histoire du théâtre à quel genre théâtral le terme « mansion » peut-il être attribué ?

☐ a – Tragédie grecque
☐ b – Théâtre élisabethain
☐ c – Mystères du Moyen-Âge
☐ d – Vaudeville

4 Quelle femme politique et journaliste débuta sa carrière au cinéma ?

☐ a – Simone Weil
☐ b – Françoise Giroud
☐ c – Simone de Beauvoir
☐ d – Marthe Richard

5 Parmi ces écrivains, membres de l'Académie française, lesquels ont écrit le *chant des partisans* ?

☐ a – Jean d'Ormesson
☐ b – Jean Dutourd
☐ c – Joseph Kessel
☐ d – Michel Déon
☐ e – Maurice Druon

6 Dans l'art japonais, qu'appelle t'on un *Kakemono* ?

☐ a – un costume d'été en toile
☐ b – un tableau tendu entre deux bambous
☐ c – un sabre long en acier trempé
☐ d – un paravent en bois laqué

7 Quel acteur, théoricien du théâtre, joua le rôle de Marat dans le film *Napoléon* d'Abel Gance ?

☐ a – Jean Vilar
☐ b – Louis Jouvet
☐ c – Jean-Louis Barrault
☐ d – Antonin Artaud

8 Quel photographe réalisa les séries de portraits géants et multiraciaux de jeunes gens et jeunes filles pour les affiches de la marque Benetton ?

☐ a – Oliviero Toscani
☐ b – Richard Avedon
☐ c – Jean-Baptiste Mondino
☐ d – Gabriele Basilico

9 Dans quel film Charlie Chaplin encourage une jeune danseuse à dépasser l'épreuve à laquelle elle est confrontée ?

- ☐ a – *Chercheur d'or*
- ☐ b – *Les temps modernes*
- ☐ c – *Les feux de la rampe*
- ☐ d – *Monsieur Verdoux*

10 En quelle année le Théâtre du Soleil fut-il fondé par Arianne Mnouchkine et son association, l'ATEP ?

- ☐ a – 1959
- ☐ b – 1964
- ☐ c – 1972

7 • LITTÉRATURE – POÉSIE

1 Qu'est-ce qu'un *incipit* ?

- ☐ a – la première phrase d'une œuvre qui introduit le lecteur dans cette oeuvre
- ☐ b – la note en bas de page dans un livre
- ☐ c – la dernière phrase d'un roman

2 Dans quelles œuvres Voltaire répond-il au philosophe Leibniz qui affirme que « tout est bien dans le meilleur des mondes possibles » ?

- ☐ a – *Candide*
- ☐ b – *Zadig*
- ☐ c – *Les désastres de Lisbonne*
- ☐ d – *Micromégas*

3 La légende de Tristan et Iseult a survécu dans les mémoires grâce à de multiples interprétations littéraires. Par quels écrivains cette légende a-t-elle été réitérée en littérature ?

- ☐ a – Thomas
- ☐ b – Marie de France
- ☐ c – Marot
- ☐ d – Béroul

4 Qu'est-ce qu'un poncif ?

- ☐ a – une plaisanterie acerbe
- ☐ b – un thème ou une expression d'une grande banalité
- ☐ c – un éloge
- ☐ d – un plagiat

5 Qu'est-ce qu'un protagoniste ?

- ☐ a – un acteur qui joue le rôle principal dans une pièce de théâtre
- ☐ b – un acteur débutant
- ☐ c – un acteur orgueilleux

6 Le *Décaméron* de l'Italien Jean Boccace signifie :

- ☐ a – 100 poèmes
- ☐ b – 10 jours
- ☐ c – 10 obstacles
- ☐ d – 10 conditions

7 Madame de Sévigné a écrit ses lettres pour :

- ☐ a – ses amis de salon
- ☐ b – sa fille
- ☐ c – son mari
- ☐ d – ses lecteurs

8 **Ce poème devenu célèbre grâce à l'interprétation de Georges Brassens,**
« Dites-moi où, n'en quel pays
Est Flora la belle romaine… »,
est de :

☐ a – Clément Marot
☐ b – Chrétien de Troyes
☐ c – François Villon

9 **Baudelaire en parlant de cette forme poétique écrit à son sujet : « Parce que la forme est contraignante l'idée jaillit plus intense ». Il s'agit :**

☐ a – du sonnet
☐ b – du rondeau
☐ c – du madrigal

10 ***Les Lumières*** **désignent un mouvement à la fois littéraire et philosophique au XVIIe siècle qui évoque :**

☐ a – la croyance dans le progrès
☐ b – la croyance au bonheur terrestre
☐ c – la foi en une démarche intellectuelle fondée sur la raison et l'expérience scientifique
☐ d – la guerre à l'obscurantisme
☐ e – la croyance en un dieu de raison

8 • VOCABULAIRE – ORTHOGRAPHE – GRAMMAIRE

1 **Accordez les adjectifs qualificatifs en italique :**

1 – inquiet   2 – inquiète
☐ a – ….Elle paraissait *inquiet.*
3 – malin   4 – maligne
☐ b – ….Cette secrétaire a l'air *malin.*
5 – bénin   6 – bénigne
☐ c – ….Sa maladie semble *bénin.*
7 – public   8 – publics
☐ d – ….L'informaticien a détourné des fonds *public.*

2 **Qu'est-ce qu'un appendice ?**

☐ a – un long nez
☐ b – un supplément placé à la fin d'un livre
☐ c – une inflammation

3 **Associez les verbes suivants à leur temps et à leur mode :**

1 – présent de l'indicatif
2 – passé composé de l'indicatif
3 –– futur simple de l'indicatif
4 – futur antérieur de l'indicatif
5 – imparfait de l'indicatif
6 – plus que parfait de l'indicatif
☐ a – ….il finit
☐ b – ….vous conclurez
☐ c – ….nous appuyions
☐ d – ….vous aviez réfléchi
☐ e – ….tu auras signalé
☐ f – ….elle a regardé

4 Cochez les phrases dans lesquelles le verbe est bien accordé :

□ a – Toi et moi , prendront le TGV demain.

□ b – Lui et moi sommes venus au séminaire pour méditer.

5 Quels sont les verbes correctement écrits :

□ a – Parmi les nombreuses corvées du refuge, bien que j'aie cru au départ qu'il s'agissait d'une plaisanterie, j'ai découvert que la réalité était plus âpre.

□ b – Parmi les nombreuses corvées du refuge, bien que j'ai cru au départ qu'il s'agissait d'une plaisanterie, j'ai découvert que la réalité était plus âpre.

□ c – La dictée, que nous craignions tous, nous fut ainsi imposée dès notre arrivée.

□ d – La dictée, que nous craignons tous, nous fut ainsi imposée dès notre arrivée.

□ e – En effet, il faut que chaque professeur voit nos capacités d'adaptation.

□ f – En effet, il faut que chaque professeur voie nos capacités d'adaptation.

□ g – Le lendemain, l'encadrement sportif a souhaité que nous nous pliions à diverses activités sportives qui ont permis de tester notre endurance.

□ h – Le lendemain, l'encadrement sportif a souhaité que nous nous plions à diverses activités sportives qui ont permis de tester notre endurance.

6 Cochez les phrases dans lesquelles le verbe est bien accordé :

□ a – Beaucoup de manifestants se rassemblent.

□ b – La plupart des japonais mangent du poisson cru.

□ c – Un groupe de fidèles assiste à la messe.

7 Cochez les phrases où l'expression en italique est correctement orthographiée :

□ a – *Quoi qu'*on ait dit, Internet a pris une place de première importance dans notre vie.

□ b – *Quoi qu'*il advienne dans cette entreprise, je souhaite que nous puissions garder nos postes.

□ c – Nous irons en vacances *quoiqu'*il arrive.

□ d – *Quoique* fatiguée, elle était toujours présente.

8 Cochez la ou les phrase(s) bien orthographiée(s) :

□ a – On n'a guère eu le temps et le loisir de s'ennuyer.

□ b – On a guère eu le temps et le loisir de s'ennuyer.

□ c – On n'a mangé que des spécialités régionales qui nous ont paru délicieuses.

□ d – On a mangé que des spécialités régionales qui nous ont paru délicieuses.

9 Quels noms masculins terminés par **ée** répondent aux définitions suivantes:

1 – un incroyant
2 – un membre d'une tribu africaine de petite taille
3 – un mariage
4 – un tombeau somptueux
5 – un objet preuve d'une victoire

☐ a – ....un athée
☐ b – ....un hyménée
☐ c – ....un trophée
☐ d – ....un pygmée
☐ e – ....un mausolée

10 **Choisissez la bonne orthographe du mot *parti* :**

1 – parti
2 – partie

☐ a – ....Il a tiré parti de.
☐ b – ....Il a pris parti pour lui.
☐ c – ....Il a fait parti de.
☐ d – ....Il a pris à parti.
☐ e – ....Il est juge et parti.
☐ f – ....Il a parti lié avec.
☐ g – ....Il ne sait pas quel parti prendre.

9 • QUESTIONS À RÉPONSE COURTE

1 *Le Médiateur de la République :*

2 *La création d'Israël :*

3 *L'indice des prix de l'INSEE :*

4 *Les ordonnances :*

5 *Le Forum de Davos :*

Réponses aux questions

1 • INSTRUCTION CIVIQUE – DROIT

1 *b* – le président de l'Assemblée nationale. Le Congrès est présidé par le président de l'Assemblée nationale.

2 *a* – de la Constitution. Une loi organique a pour objet de préciser les dispositions de la Constitution. La Constitution de 1958 renvoie plusieurs fois à une loi organique pour les modalités d'application de tel ou tel article.

3 *c* – le mandat. Le pouvoir de représentation accordé à une personne par les électeurs s'appelle le mandat. Le mandat est représentatif, il est obtenu à l'occasion d'élections qui se déroulent au suffrage universel direct ou indirect.

4 *a* – en une session ordinaire par an. Le Parlement se réunit en une seule session ordinaire par an. Cette session ordinaire dure 9 mois. Elle commence de plein droit le premier jour ouvrable d'octobre en prend fin le dernier jour ouvrable de juin. Avant la réforme constitutionnelle du 4 août 1995, le Parlement se réunissait de plein droit en deux sessions ordinaires par an de 3 mois chacune.

5 *a, b et d* – le Premier ministre, le président de l'Assemblée nationale et le président du Sénat. Lorsque le président de la République envisage de dissoudre l'Assemblée nationale, il doit obligatoirement consulter le Premier ministre, le président de l'Assemblée nationale et le président du Sénat. Les avis donnés ne lient absolument pas le président de la République.

6 *c* – par décret du président de la République en Conseil des ministres. Les préfets sont nommés par décret du président de la République en Conseil des ministres sur proposition du Premier ministre et du ministre de l'Intérieur.

7 *c* – 1901. Un parti politique étant une association, il doit déposer ses statuts selon la loi de 1901.

8 *c* – le département. Le département a en charge la construction et l'entretien des collèges. Il organise aussi le transport scolaire.

9 *b* – du Conseil constitutionnel. Le Conseil constitutionnel est consulté par le gouvernement sur l'organisation des opérations de référendum ; le contentieux référendaire est de sa compétence.

10 *c* – 51 États. La conférence de San Francisco, du 25 avril au 26 juin 1945, qui a décidé la création de l'Organisation des Nations Unies réunissait 51 États.

2 • HISTOIRE

1 *d* – Henri III. Henri III (1551–1589) est le dernier des rois Valois. Il est le quatrième fils d'Henri II et de Catherine de Médicis. Il reçoit à sa naissance le titre de duc d'Angoulême puis il fut duc d'Orléans en 1560 puis duc d'Anjou en 1566. Chef du parti catholique, il est aux côtés de Catherine de Médicis quand se prépare le massacre de la Saint-Barthélemy (24 août 1572). Il conduisait le siège de La Rochelle où s'étaient réfugiés les huguenots lorsqu'il apprit qu'il venait d'être élu roi de Pologne le 10 mai 1573. Couronné le 21 février 1574 à Cracovie sous le nom d'Henri 1er de Pologne, il ne régna que 146 jours, du 24 janvier 1574, date de son entrée en Pologne, au 18 juin de la même année, date de sa fuite dès qu'il apprit la mort de son frère Charles IX. Sacré à Reims le 13 février 1575, il y épouse, le 15, Louise de Vaudémont dont il n'aura pas d'enfant.

2 *b* – Pépin le Bref. Pépin le Bref (715-768), fils de Charles Martel (688-741), est le fondateur de la dynastie royale des Carolingiens. D'abord, Maire du palais du royaume franc de 741 à 751 à la mort de son père, Pépin le Bref dépose, en 751, le souverain en titre, le Mérovingien Childéric III, n'ayant, dans les faits, aucun pouvoir et se fait élire, par les grands, roi des Francs (751-768). La dynastie des Carolingiens commence donc avec Pépin le Bref pour s'achever avec Charles III le Simple (879-929) que les grands du royaume déposèrent, en 922, pour élire comme roi le Capétien Robert 1er. Le plus célèbre des Carolingiens est Charlemagne qui restaura l'empire d'Occident.

3 *a* – 1,5 million de victimes. La France fut la plus touchée par la guerre. Pour 8,5 millions de mobilisés, la France compte 1,5 millions de morts soit près de 10 % de la population active. Par comparaison, l'Allemagne pour 13,2 millions de mobilisés compta 2 millions de morts.

4 *c* – la nuit du 4 août 1789. Pour calmer les paysans en pleine jacquerie, l'Assemblée constituante proclame l'abolition des privilèges dans la nuit du 4 août 1789. En fait, seuls la dîme et les droits féodaux honorifiques sont abolis gratuitement, les autres droits donnent lieu à rachat. Sur sa lancée, l'Assemblée constituante abolit les corporations, supprime tous les privilèges des individus, des corps et des provinces. En une nuit, l'ancienne société avait péri.

5 *c* – 1960. La première bombe atomique française explose au Sahara, à la base de Reggan, le 13 février 1960. La base de Reggan fut, de 1960 à 1967, un centre d'expérimentation nucléaire français. La mise au point de la bombe atomique permet au général de Gaulle de mener sa politique d'indépendance vis-à-vis de l'OTAN, qu'il quittera en 1966.

6 *c* – 1919. La Société des Nations (SDN) a été la première tentative pour faire fonctionner une organisation universelle des États, principalement créée pour régler les problèmes de sécurité collective. Dans le cadre de la Conférence de Versailles qui fixe les conditions de la paix, le président Wilson (président des États-Unis) obtient la création d'une organisation internationale destinée à garantir la paix et la sécurité entre les nations. C'est à Paris qu'a lieu, le 16 janvier 1920, sur convocation du président Wilson, la première réunion du Conseil de la SDN. La SDN, qui s'est montrée inefficace dans le règlement des conflits de l'entre-deux-guerres, est remplacée par l'ONU en 1946.

7 *c* – 1968. La nomination d'Alexandre Dubcek comme premier secrétaire du parti communiste tchécoslovaque, le 5 janvier 1968, amène un souffle de liberté en Tchécoslovaquie : c'est le printemps de Prague. Un processus de démocratisation s'instaure notamment avec la réhabilitation des victimes des procès politiques depuis 1948. Le 20 août 1968, l'invasion de la Tchécoslovaquie par les troupes du pacte de Varsovie met un terme au printemps de Prague.

8 *d* – le général Massu. Quatre généraux à la retraite, les généraux Salan, Challe, Zeller et Jouhaud, tentèrent de prendre le contrôle d'Alger pour faire échec aux négociations d'Évian. Cette tentative de putsch fut l'un des nombreux épisodes de la guerre d'Algérie. Les généraux Challe et Zeller, qui se rendirent, furent condamnés à 15 ans de prison, les généraux Salan et Jouhaud, en fuite, furent condamnés à mort par contumace.

9 *b* – Thomas Jefferson. Thomas Jefferson (1743-1826) rédigea le Déclaration d'indépendance des États-Unis adoptée le 4 juillet 1776. Il fut président des États-Unis de 1801 à 1809 (deux mandats). George Washington (1732-1799) fut l'artisan de l'indépendance et le premier président des États-Unis. Abraham Lincoln, partisan de l'abolition de l'esclavage, fut président

des États-Unis de 1860 à 1868 (deux mandats). Benjamin Franklin (1706-1790), physicien, écrivain et homme politique, participa avec Thomas Jefferson et John Adams à la rédaction de la Déclaration d'indépendance. Il fut aussi l'inventeur, entre autres, du paratonnerre.

10 *b* – 1981. En France, la peine de mort a été abolie en 1981 sous la présidence de François Mitterrand.

3 • GÉOGRAPHIE

1 *a* – le Kilimandjaro. Le Kilimandjaro, aujourd'hui rebaptisé Uhuru (« Liberté »), est la plus haute montagne d'Afrique avec ses 5 892 m. Il est situé en Tanzanie, près de la frontière du Kenya. Le mont Kenya (5 199 m) est situé au Keyna. Le mont Ruwenzori, haut de 5 119 m, est situé entre le Congo démocratique et l'Ouganda. Le mont Cameroun, haut de 4 095 m, est situé au Cameroun.

2 *d* – l'écologisme. La doctrine qui prône le respect de l'environnement est l'écologisme. Ce terme désigne aussi l'attitude des écologistes. L'écologie est la science des relations des êtres vivants entre eux et avec leur milieu. L'écologiste est un spécialiste de l'écologie ou un partisan de la protection de l'environnement. Le naturisme est une doctrine qui préconise un contact très étroit avec la nature, en particulier la vie en plein air et le nudisme.

3 *c* – un grand fleuve du Pakistan. L'Indus, qui naît dans la bordure occidentale du Tibet, est l'un des grands fleuves d'Asie du Sud. Il traverse les chaînes de l'Himalaya et du Karakorum puis s'écoule à travers le Pendjab pour se terminer par un delta dans la plaine alluviale du Sind.

4 *b* – la Bretagne. À partir du ve siècle, l'Armorique servit de refuge à des populations venues d'Angleterre (la Bretagne d'alors) fuyant les Angles et les Saxons. C'est en raison de l'origine de cette population que l'Armorique devint la Britannia Minor, ou Bretagne. Aujourd'hui, existe en Bretagne le parc naturel régional d'Armorique, territoire habité s'étendant sur 39 communes rurales du Finistère. Ce parc compte un secteur insulaire et maritime (île d'Ouessant, presqu'île de Crozon, estuaire de l'Aulne) et un secteur intérieur qui correspond au massif des monts d'Arrée. Il est chargé de protéger et de mettre en valeur le patrimoine naturel et culturel.

5 *d* – 4 000 îles. Le Japon, dont la superficie est de 372 313 km², est constitué de quelque 4 000 îles s'étirant sur environ 3 000 km du nord au sud. Ce morcellement reste relatif, car 96 % du territoire sont constitués par quatre grandes îles : Hokkaido (83 520 km²), Honshu (230 897 km²), Shikoku (18 799 km²) et Kyushu (42 083 km²). Ces 4 îles sont séparées les unes des autres par des détroits peu évasés, sauf celui de Tsugaru (entre Honshu et Hokkaido), large d'environ 20 km.

6 *c* – un conglomérat. Les conglomérats résultent de la cimentation des blocs, galets ou graviers, qui sont d'origine marine, fluviatile ou glaciaire. Si les éléments sont arrondis (ce qui révèle un assez long transport), le conglomérat est un poudingue ; autrement, si les éléments sont anguleux, il est une brèche. Le polder est un terrain pris sur la mer, asséché et protégé par des digues. Le pudding ou pouding est un gâteau anglais.

7 *a* – degrés Beaufort. La force du vent exprime l'intensité avec laquelle le vent souffle. Elle s'exprime en mètres par seconde, en kilomètres par heure ou en nœuds. Sa mesure peut être réalisée à l'aide d'un anémomètre. Cependant, en l'absence d'instrument de mesure, il est toujours possible d'estimer la vitesse du vent d'après l'échelle des degrés de Beaufort, du nom de son inventeur l'Amiral britannique Francis Beaufort (1774-1857) qui en 1806 établit une échelle de codage de la vitesse du vent, estimée à partir de l'état de la mer. L'échelle de Beaufort, adoptée sur le plan international en 1926, comporte 13 degrés, de 0 pour calme (vent inférieur à 1 km/h) à 12 pour ouragan (vent supérieur à 118 km/h).

8 *a 3* – l'Afghanistan : capitale Kaboul.

b 4 – l'Albanie : capitale Tirana.

c 1 – le Liban : capitale Beyrouth.

d 2 – la Syrie : capitale Damas.

9 *b* – 45 h./km². La densité est le nombre d'habitants par unité de surface. Habituellement, elle est exprimée en nombre d'habitants par kilomètre carré (sauf en milieu urbain où on l'exprime par hectare). La densité moyenne mondiale est de l'ordre de 45 h./km². Cette valeur, qui n'est qu'une moyenne, cache d'énormes disparités. La densité moyenne mondiale oscille entre à peine 1 (les déserts arides ou froids) à plus de 10 000 dans les grandes villes comme Tokyo.

10 *c* – l'Azerbaïdjan. L'Azerbaïdjan se trouve à l'ouest de la mer Caspienne et n'a pas de frontière commune avec l'Afghanistan. L'Ouzbékistan, le Pakistan et le Turkménistan ont des frontières communes avec l'Afghanistan.

4 • ÉCONOMIE

1 *b* – Organisation mondiale du commerce. L'OMC (Organisation mondiale du commerce) a été créée le 1er janvier 1995 dans le cadre les négociations du Cycle d'Uruguay (1986-1994) pour remplacer le GATT (Accord Général sur les tarifs douaniers et le commerce, conclu en 1947). L'OMC est une organisation de l'ONU (Organisation des Nations Unies) dont le siège est à Genève. Elle regroupe, au 1er janvier 2003, 145 pays. Le principal objectif de l'OMC est de favoriser autant que possible l'harmonie, la liberté, l'équité et la prévisibilité des échanges. Elle s'acquitte de cette mission en servant de cadre aux négociations commerciales, en réglant les différends commerciaux, en examinant les politiques commerciales nationales, en aidant les pays en développement dans le domaine de la politique commerciale et en coopérant avec d'autres organisations internationales.

2 *a, c et d* – être sans emploi, être en recherche d'un emploi et être disponible pour un emploi. Le Bureau international du travail (BIT) élabore, en 1954, une définition internationale du chômage. Pour être reconnu comme chômeur, il faut : être sans emploi, en rechercher un et être disponible. En France, la définition du BIT est reprise par l'Institut national de la statistique et des études économiques (INSEE) dans son enquête annuelle. On obtient ainsi une grandeur statistique, intitulée PSERE (population sans emploi à la recherche d'un emploi), qui, après quelques modifications mineures, devient le « chômage au sens du BIT ».

3 *c* – une superficie agricole utilisée. La France bénéficie de la plus importante superficie agricole utilisée d'Europe mais celle-ci décroît à un rythme très lent. Cependant, l'agriculture garde toujours une place prépondérante dans le pays, puisqu'elle occupe 54 % du territoire.

4 *a 4* – la Bourse de Bruxelles : le Bel 20

b 1 – la Bourse de Francfort : le Dax 30

c 2 – la Bourse de Milan : le MIB 30

d 3 – la Bourse de Paris : le CAC 40

5 *c* – Clark. Colin Grant Clark (1905-1989), économiste britannique, s'est illustré par ses travaux sur le revenu national et a été l'un des premiers, dans son ouvrage *The Conditions of Economic Progress* (1940), à faire la distinction entre 3 secteurs : le secteur primaire (agriculture, pêche et industries extractives), le secteur secondaire (industries de transformation) et le secteur tertiaire (services).

6 *c* – un joint-venture. L'association entre deux ou plusieurs entreprises ayant un projet économique commun, avec partage des frais et des risques, s'appelle un joint-venture (anglicisme).

7 *b* – 15 €. D'après l'INSEE, en 2002, sur 100 € dépensés par un ménage, 14,7 € étaient consacrés à l'alimentation (alimentation et aux boissons non alcoolisées). En 1960, un ménage consacrait 26,5 % de son budget à ce poste.

8 *b et c* – dans le Bassin parisien et en Aquitaine. En France, la production de pétrole est concentrée dans le Bassin parisien et en Aquitaine. Les ressources pétrolières françaises couvrent à peine 15 jours de notre consommation pétrolière annuelle.

9 *d* – la Russie. Le G7 est le nom donné au groupe des chefs d'État ou de gouvernement des sept pays les plus industrialisés du monde, ceux dont le revenu national brut est le plus élevé (chiffre global, et non pas le revenu par habitant). Ces 7 chefs d'État ou de gouvernement se rencontrent annuellement pour étudier les grands sujets économiques, monétaires, socio-économiques et politiques de la planète. Le G7 comprend les États-Unis, le Japon, l'Allemagne, la France, l'Italie, le Royaume-Uni et le Canada. En 1998, lors du sommet de Birmingham du 15 au 17 mai, la Fédération de Russie a rejoint officiellement le G7 qui est devenu le G8. Le G7 continue néanmoins à exister en marge des sommets officiels du G8.

10 *a* – un grand nombre de vendeurs fait face à un seul acheteur. Un monopsone est une situation de monopole de la demande due à la présence d'un seul acheteur.

5 • SCULPTURE – ARCHITECTURE – PEINTURE – MUSIQUE

1 *d* – Pierre Paul de Riquet. L'idée de relier la Garonne à la Méditerranée remonte à l'Antiquité sous l'Empereur Auguste. C'est au XVIIe siècle que Paul de Riquet (1609-1680) construisit le Canal du Midi à partir de 1666, mais il décéda quelques mois avant sa mise en fonction en 1681. C'est l'État qui est propriétaire du Canal du Midi et de ses berges.

2 *a* – Luigi Boccherini. Luigi Boccherini (1743-1805) introduit le style dramatique, il innove dans le genre du quatuor, il crée le quintette à cordes.

3 *c* – René Huyghe. Lorsque la Seconde Guerre mondiale éclata, René Huyghe (1906-1997) eut en charge de mener à bien l'évacuation des tableaux du Louvre. Replié dans le Lot, il rejoignit la Résistance. En 1950, il fut nommé professeur au Collège de France où il occupa la chaire de psychologie des arts plastiques. Il fut aussi conservateur du Musée Jacquemart-André.

4 *c* – Ousmane Sow. Ousmane Sow naît à Dakar en 1935. Il exerça longtemps le métier de kinésithérapeute et c'est seulement à l'âge de cinquante ans qu'il fit de la sculpture son métier à part entière. Ses premières expositions datent de 1988 à Dakar et à Bordeaux.

5 *b* – Gustave Courbet. Gustave Courbet (1819-1877) peint le poète Baudelaire lisant dans un coin de *l'Atelier du peintre* exposé en 1855.

6 *c* – Delphes. Delphes est le sanctuaire d'Apollon, Dieu de la lumière et de la vérité. C'est le lieu d'où l'on peut interroger le Dieu et connaître ses réponses. La pythie, dans un costume rituel, secouait le laurier sacré, mâchait les feuilles, buvait l'eau sacrée avant de prophétiser. Le sanctuaire de Delphes a été classé patrimoine de l'Humanité en 1987 par l'Unesco.

7 *c* – 1898. L'opéra *Aïda* fut dirigé par Verdi en 1898 à la Scala de Milan.

8 *a* – Aristide Maillol. La carrière professionnelle de Maillol (1861-1944) débute vers 1897. Un article d'Octave Mirbeau décide de sa carrière. Son admiration et sa fidélité à Puvis de Chavannes, à Cézanne, à Rodin, une parenté spirituelle avec Bourdelle et Renoir sont autant de notations qui marqueront son art. Vingt de ses sculptures se trouvent au Jardin des Tuileries à Paris.

9 *c* – Paul Andreu. Paul Andreu est né en 1938. Parmi ses principales réalisations figurent les aéroports de Roissy, les aéroports d'Abu Dhabi, de Jakarta, du Caire, de Kansaï dans la baie d'Osaka, la Grande Arche de la Défense (qu'il construit sur des dessins de Otto Von Spreckelsen, lauréat du concours), ainsi que le terminal français du tunnel sous la Manche. Il est élu membre de l'Académie des Beaux-Arts le 19 juin 1996.

10 *b* – Edvard Munch. Edvard Munch (1863 –1944) est né en Norvège. En 1893, il peint *Le Cri* ; ce tableau, exprimant la solitude de l'homme dans la nature, est probablement l'œuvre la plus reproduite dans l'histoire de l'art. Il en fit une cinquantaine de versions.

6 • CINÉMA – TÉLÉVISION – THÉÂTRE – PHOTOGRAPHIE

1 *b* – Honoré Daumier. En 1831, dans le plus célèbre journal de satire politique de l'époque, *La Caricature*, Honoré Daumier (1808-1879) représente le roi Louis-Philippe en Gargantua. Cela lui valut six mois de prison puis d'asile d'aliénés.

2 *a* – Robert Capa. Robert Capa (1913-1954) se fait connaître par ses photos de la guerre d'Espagne (*Mort d'un militant* de 1936) puis par ses photos du débarquement allié en Normandie en 1944. Il voyagea en Allemagne, en Chine, en Italie, en France et en Israël. Il meurt en reportage, touché par une balle au Viêt-nam.

3 *c* – Mystères du Moyen-Âge. Une *mansion* est un praticable installé en unités juxtaposées ou successives, pour un parcours théâtral religieux médiéval représentant des mystères (Passion du Christ, vies des saints).

4 *b* – Françoise Giroud. Françoise Giroud (1916-2003) débuta comme script-girl au cinéma aux côtés de Marc Allégret puis Jean Renoir. Pendant la Seconde Guerre mondiale, elle sera agent de liaison dans la Résistance. En 1953, elle participera à la fondation de l'hebdomadaire *l'Express* avec Jean-Jacques Servan-Schreiber.

5 *c et e* – Joseph Kessel et Maurice Druon. Joseph Kessel (1898-1979) et Maurice Druon (né en 1918) écrivirent le chant des partisans à Londres en 1943 avec une de leurs amies, Anna Marly. Tous deux sont membres de l'Académie française.

6 *b* – un tableau tendu entre deux bambous. Un kakemono est une sorte de tableau, en toile ou en papier, tendu sur deux bambous.

7 *d* – Antonin Artaud. En 1927, Antonin Artaud (1896–1948) jouera dans le film d'Abel Gance (1889-1981). Toujours à la recherche d'un théâtre authentique, l'exposition coloniale de 1931 lui fait rencontrer le théâtre balinais, qu'il perçoit comme l'incarnation littérale des mythes, comme un rituel métaphysique. Dans *Le théâtre et son double*, publié en 1938, Artaud assigne au théâtre l'ambition de provoquer une crise violente par laquelle l'homme pourrait se libérer de ses tourments.

8 *a* – Oliviero Toscani. Né en 1942 à Milan, Oliviero Toscani commence son travail avec Benetton en 1982. Benetton s'approprie grâce à lui l'image de la multiracialité avant que la mode ne s'en empare. C'est en 1985 que la marque adoptera le slogan *United Colors of Benetton*.

9 *c – Les Feux de la rampe*. Ce film *Limelight* est sorti en 1952. Chaplin y joue le rôle d'un vieux clown alcoolique qui sauve du suicide une jeune danseuse paralytique. Mais, victime d'une campagne d'hostilité orchestrée par Edgar Hoover, le patron de la CIA, Chaplin quitte les États-Unis en septembre 1952 pour s'installer en Suisse. Il n'y retournera que 20 ans plus tard pour recevoir un Oscar d'honneur.

10 *c* – 1964. En 1959, jeune étudiante, Ariane Mnouchkine fonde en Sorbonne l'ATEP, Association Théâtrale des Etudiants de Paris. C'est de cette association que naît, cinq ans plus tard, le Théâtre du Soleil, qui s'installera à la Cartoucherie de Vincennes en 1970.

7 • LITTÉRATURE – POÉSIE

1 ***a*** – la première phrase d'une œuvre qui introduit le lecteur dans cette œuvre.

2 ***a, b et c*** – *Candide*, *Zadig* et *Les désastres de Lisbonne*. Voltaire (1694-1778), dans *Candide*, *Zadig* et *Les désastres de Lisbonne*, répond au philosophe Leibniz (1646-1616) qui affirme que « tout est bien dans le meilleur des mondes possibles ».

3 ***a, b et c*** – Thomas, Marie de France et Béroul. Tristan et Iseult, victime d'un filtre magique qui provoque entre eux une passion fatale, deviennent coupables envers le roi Marc, époux d'Iseult la Blonde. La mort seule les réunira. La légende de Tristan et Iseult a survécu dans les mémoires grâce à de multiples interprétations littéraires, notamment celle de Thomas, trouvère à la cour d'Henri II, dans un poème long d'environ 3 000 vers ; celle de Marie de France dans le *Lai du chèvrefeuille* et celle de Béroul, jongleur, dans un long poème d'environ 4 500 vers.

4 ***b*** – un thème ou une expression d'une grande banalité.

5 ***a*** – un acteur qui joue le rôle principal dans une pièce de théâtre.

6 ***b*** – 10 jours. Le *Décaméron*, de Jean Boccace (1313-1375), regroupe cent nouvelles racontées par dix narrateurs au cours de dix journées d'où le titre. Alors que Florence est ravagée par la peste, sept jeunes femmes et trois jeunes gens fuient la ville pour s'installer dans une maison de campagne. Pour passer le temps, ils conviennent que chacun d'eux racontera, chaque jour, une histoire ce qui donnera dix récits. Ils se livrent ainsi à cette occupation pendant dix jours.

7 *b* – sa fille. Madame de Sévigné (1626-1696) a écrit ses lettres pour sa fille. Elle y décrit non seulement la vie quotidienne de sa famille mais aussi les événements de la vie parisienne. Ces lettres ne sont pas destinées à être publiées. Elles ne seront imprimées qu'à partir de sa mort. Cependant, elles circulent dans les salons.

8 *c* – François Villon. Ce poème est de François Villon (1431-1463) dans *La ballade des dames du temps jadis*. C'est une ballade adressée à une personne précise.

9 *a* – du sonnet.

10 *a, b, c et d* – la croyance dans le progrès, la croyance au bonheur terrestre, la foi en une démarche intellectuelle fondée sur la raison et l'expérience scientifique et la guerre à l'obscurantisme.

8 • VOCABULAIRE – ORTHOGRAPHE – GRAMMAIRE

1 *a 2* – Elle paraissait inquiète (inquiète est un adjectif attribut du sujet ; il s'accorde donc avec elle car paraissait est un verbe d'état).

b 3 ou 4 – Cette secrétaire à l'air malin ou maligne. (l'adjectif employé avec l'expression *avoir l'air* s'accorde avec le sujet si *avoir l'air* signifie paraître. Il s'accorde avec air si ce mot désigne la mine, la physionomie. Cette secrétaire a l'air maligne ou l'air malin)

c 6 – Sa maladie semble bénigne. (bénin est un adjectif attribut du sujet ; il s'accorde donc avec le sujet sa « maladie » = bénigne)

d 8 – L'informaticien a détourné des fonds publics. (public est un adjectif épithète, il s'accorde donc avec le nom « fonds » = publics)

2 *a* – un long nez.

b – supplément placé à la fin d'un livre.

3 *a 1* – il finit : présent de l'indicatif.

b 3 – vous conclurez : futur simple de l'indicatif.

c 5 – nous appuyions : imparfait de l'indicatif.

d 6 – vous aviez réfléchi : plus que parfait de l'indicatif.

e 4 – tu auras signalé : futur antérieur de l'indicatif.

f 2 – elle a regardé : passé composé de l'indicatif.

4 *b* – Lui et moi sommes venus au séminaire pour méditer.

Il aurait fallu écrire :

a – toi et moi , prendrons le TGV demain.

5 *a* – Parmi les nombreuses corvées du refuge, bien que j'aie cru au départ qu'il s'agissait d'une plaisanterie, j'ai découvert que la réalité était plus âpre.

c – La dictée, que nous craignions tous, nous fut ainsi imposée dès notre arrivée.

f – En effet, il faut que chaque professeur voie nos capacités d'adaptation.

g – Le lendemain, l'encadrement sportif a souhaité que nous nous pliions à diverses activités sportives qui ont permis de tester notre endurance.

Règle : le verbe de la subordonnée est au subjonctif si le verbe de la principale est un verbe de volonté, de devoir, de souhait ou après la conjonction de subordination « bien que ». Les terminaisons des verbes des trois groupes au subjonctif présent sont : e, es, e, ions, iez, ent.

6 *a* – Beaucoup de manifestants se rassemblent.

b – La plupart des japonais mangent du poisson cru.

Règle : le verbe qui a pour sujet un adverbe de quantité s'accorde avec le complément de cet adverbe.

Il aurait fallu écrire :

c – Un groupe de fidèles assistent à la conférence.

7 *a* – Quoi qu'on ait dit, Internet a pris une place de première importance dans notre vie. (2 mots = possibilité de remplacer « quoi que » par « quelle que soit la chose que »)

b – Quoi qu'il advienne dans cette entreprise, je souhaite que nous puissions garder nos postes. (2 mots = possibilité de remplacer « quoi que » par « quelle que soit la chose que »)

d – Quoique fatiguée, elle était toujours présente. (1 mot = possibilité de remplacer « quoi que » par « bien que »)

Règle : *quoique* s'écrit en un seul mot s'il peut être remplacé par *bien que* et *quoi que* (composé de deux pronoms) s'écrit en deux mots s'il peut être remplacé par *quelle que soit la chose que*.

Il aurait fallu écrire :

c – Nous irons en vacances quoi qu'il arrive. (2 mots = possibilité de remplacer « quoi que » par « quelle que soit la chose que »)

8 *a* – On n'a guère eu le temps et le loisir de s'ennuyer.

c – On n'a mangé que des spécialités régionales qui nous ont paru délicieuses.

Règle : à cause de la liaison, il est difficile de distinguer la forme affirmative de la forme négative lorsque le verbe qui suit commence par une voyelle ou par une lettre h aspirée. Afin de ne pas se tromper, il suffit de remplacer *on* par *il*. Cette méthode permet de déterminer s'il s'agit de la forme affirmative ou de la forme négative. Par ailleurs, si l'on trouve dans une phrase *pas*, *jamais*, *guère*, *que*, *rien*…, la phrase se trouve à la forme négative. Il faut donc écrire *n'* devant des voyelles ou la lettre h aspirée.

9 *a 1* – un athée : un incroyant.

b 3 – un hyménée : un mariage.

c 5 – un trophée : un objet preuve d'une victoire.

d 2 – un pygmée : un membre d'une tribu africaine de petite taille.

e 4 – un mausolée : un tombeau somptueux.

10 *a 1* – Il a tiré parti de.

b 1 – Il a pris parti pour lui. (se déclarer opposé à ou partisan de quelqu'un)

c 2 – Il a fait partie de.

d 2 – Il a pris à partie. (s'en prendre à lui, l'attaquer en paroles : dans cette expression, partie a le sens juridique de « personne qui plaide contre quelqu'un »)

e 2 – Il est juge et partie. (partie a le sens juridique de « personne qui plaide contre quelqu'un »)

f 1 – Il a parti lié avec.

g 1 – Il ne sait pas quel parti prendre.

9 • QUESTIONS À RÉPONSE COURTE

1) Le Médiateur de la République est une autorité administrative indépendante nommée pour 6 ans par décret en Conseil des ministres. Il ne peut être ni révoqué, ni renouvelé dans ses fonctions. Il est assisté de délégués départementaux. Il reçoit les réclamations d'administrés dans leurs relations avec les administrations ou les services publics. Il ne peut intervenir dans une procédure engagée devant une juridiction ou dans les différends entre les administrations et leurs agents. Il ne peut remettre en cause une décision juridictionnelle. Il doit être saisi par une personne physique ou morale, par l'intermédiaire d'un parlementaire. Le réclamant doit avoir préalablement effectué les démarches auprès des administrations concernées.

Le Médiateur de la République a une double fonction :

- *proposer à l'administration concernée toutes les recommandations qui lui paraissent de nature à régler le problème dont il a été saisi. Celle-ci n'engage pas l'administration qui doit cependant informer le Médiateur des suites qu'elle lui a données ;*
- *suggérer des modifications à des textes législatifs ou réglementaires s'ils ont donné lieu à une iniquité afin d'éviter de nouvelles situations conflictuelles.*

2) La terre d'Israël est considérée comme le berceau du peuple juif, dont l'histoire antique a été marquée par l'alternance de dominations extérieures et d'exodes, puis par la dispersion (diaspora) à la suite de la conquête romaine. L'histoire moderne remonte aux débuts de l'immigration sioniste, qui a façonné l'identité du pays. En 1917, la Grande-Bretagne, par la déclaration d'Arthur Balfour, se déclare favorable à la fondation d'un « foyer national juif » en Palestine. En juillet 1922, la Société des Nations (SDN) place la Palestine sous mandat britannique. À la suite de l'holocauste de la Seconde Guerre mondiale et le retrait de la Grande-Bretagne de Palestine, l'ONU adopte en novembre 1947 un plan de partage du territoire, rejeté par les pays arabes limitrophes. Le 14 mai 1948, l'État d'Israël est proclamé sous la présidence de David Ben Gourion ; un conflit avec les États arabes hostiles se déclare immédiatement. Israël, fruit d'un siècle d'immigration juive en Palestine, a vu son histoire dominée par des relations conflictuelles avec ses voisins arabes et l'OLP (Organisation de Libération de la Palestine). Son avenir est lié à l'établissement d'une paix durable dans la région et notamment au sort de la nouvelle entité palestinienne.

3)L'indice des prix de l'INSEE (Institut national de la statistique et des études économiques) montre l'évolution des prix à la consommation. Publié chaque mois, il traduit le niveau de l'inflation. Il correspond à l'évolution des prix de 295 postes choisis par l'INSEE comme représentatifs de la consommation, répartis en 60 sous-groupes et trois catégories : alimentation, produits manufacturés, services. Chaque poste est affecté d'une pondération selon son importance dans le panier de consommation virtuel composé par l'indice. La collecte des prix est réalisée, chaque mois, par les enquêteurs de l'INSEE qui effectuent des milliers de relevés dans l'agglomération parisienne, dans toutes les agglomérations de plus de 200 000 habitants et dans 74 agglomérations (tirées au sort) de plus de 2 000 habitants. La population de référence utilisée par l'INSEE correspond à l'ensemble des ménages urbains dont le chef est ouvrier ou employé.

4) La Constitution de la Ve République autorise le gouvernement, pour l'exécution de son programme, à demander au Parlement l'autorisation de prendre par ordonnances, pendant un délai limité, des mesures qui sont normalement du domaine de la loi (article 38). La loi d'habilitation fixe les domaines sur lesquels le gouvernement peut procéder par ordonnances, la durée de la délégation et le délai pour leur ratification par le Parlement. Les ordonnances sont prises en Conseil des ministres après avis du Conseil d'État. Elles doivent, obligatoirement, être signées par le président de la République qui peut refuser, notamment en période de cohabitation. Elles entrent en vigueur dès leur publication. Elles deviennent caduques si le projet de loi de ratification n'est pas déposé devant le Parlement avant la date fixée par la loi d'habilitation.

5) Chaque année depuis 1970, au coeur de l'hiver, les principaux responsables de la planète, chefs d'État, banquiers, financiers, patrons des grandes entreprises transnationales se retrouvent à Davos, petite ville suisse, pour faire le point sur les avancées de l'économie de marché, du libre-échange et de la déréglementation. Rendez-vous des nouveaux maîtres du monde, le Forum économique de Davos est devenu, sans conteste, le centre de l'hyperlibéralisme, la capitale de la mondialisation et le foyer principal de la pensée unique.

Le Forum se tient à l'initiative du World Economic Forum (WEF), organisation créée par le professeur Klaus Schwab, en 1970, constituée de membres choisis en fonction de l'importance de leurs chiffres d'affaires ou de leur influence politique. Il sert de lieu officieux de rencontres et de discussions commerciales et diplomatiques. Un comité directeur est formé chaque année. Il organise les conférences du sommet annuel et détermine les activités de l'année en cours.

En 2002, exceptionnellement, le Forum de Davos s'est tenu à New York. En même temps se tenait le Sommet de la terre à Porto Alegre (Brésil).

Grille d'évaluation

Le total de points par test est de 100 points :

1 point par QCM : 80 QCM à 1 point = 80 points.

4 points par QRC : 5 QRC à 4 points = 20 points.

Moins de 35 points : niveau faible, une révision des connaissances de base s'impose, la pratique des tests de culture générale devrait vous aider dans ce sens.

De 35 à 45 points : niveau encore insuffisant, les bases sont fragiles et incomplètes, la technique des QCM n'est peut-être pas encore bien comprise.

De 45 à 55 points : niveau moyen, les bases sont dans l'ensemble assimilées, mais il faut absolument progresser afin justement de sortir de la moyenne des candidats.

De 55 à 75 points : niveau bon, quelques carences ponctuelles, les connaissances peuvent être encore renforcées par l'entraînement et des erreurs sont peut-être encore dues à une maîtrise imparfaite de la technique des QCM.

De 75 à 100 points : excellent niveau.

Niveau 2 – Test 5	*Total des points obtenus*
Instruction civique, Droit	… / 10
Histoire	… / 10
Géographie	… / 10
Économie	… / 10
Sculpture, Architecture, Peinture, Musique	… / 10
Cinéma,Télévision, Théâtre, Photographie	… / 10
Littérature, Poésie	… / 10
Vocabulaire, Orthographe, Grammaire	… / 10
Questions à Réponse Courte	… / 20
Total général	***… / 100***

Pour obtenir la note sur 20 :

$$\frac{\boxed{\ldots\ldots\ldots}}{5} = \ldots / 20$$

TEST 6

1 • INSTRUCTION CIVIQUE – DROIT

1 L'exercice du pouvoir par les citoyens s'appelle :

- ☐ a – la citoyenneté
- ☐ b – la séparation des pouvoirs
- ☐ c – la souveraineté nationale
- ☐ d – la nationalité

2 Le principe de la liberté d'association a une valeur :

- ☐ a – législative
- ☐ b – réglementaire
- ☐ c – constitutionnelle
- ☐ d – jurisprudentielle

3 Le principe de solidarité ministérielle signifie :

- ☐ a – que les ministres sont collectivement responsables des décrets individuels pris par le Premier ministre
- ☐ b – que chaque ministre supporte la responsabilité des décisions prises pour l'accomplissement de sa fonction
- ☐ c – que chaque ministre supporte la responsabilité des décisions arrêtées en Conseil des ministres et contresignées par le Premier ministre

4 La proposition de recourir à un référendum appartient :

- ☐ a – au gouvernement pendant la durée des sessions parlementaires
- ☐ b – au seul président de la République
- ☐ c – au seul Premier ministre
- ☐ d – conjointement à l'Assemblée nationale et au Sénat

5 Pour qu'une loi soit applicable après son adoption par le Parlement :

- ☐ a – elle doit être signée par le président de la République dans les 5 jours qui suivent son vote
- ☐ b – elle doit être signée par le président de la République dans les 10 jours qui suivent son vote
- ☐ c – elle doit être signée par le président de la République dans les 15 jours qui suivent son vote
- ☐ d – elle n'a pas à être signée par le président de la République

6 Le vote d'une motion de censure à l'Assemblée nationale oblige :

- ☐ a – le président de la République à démissionner
- ☐ b – le président de la République à dissoudre l'Assemblée nationale
- ☐ c – le Premier ministre à engager sa responsabilité devant l'assemblée nationale
- ☐ d – le Premier ministre à remettre la démission de son gouvernement au président de la République

7 Lorsqu'il y a un président de la République et un Premier ministre de partis politiques opposés, on dit qu'il y a :

- ☐ a – opposition
- ☐ b – intérim
- ☐ c – cohabitation
- ☐ d – cogestion
- ☐ e – coalition

8 Pour être candidat à l'élection présidentielle, il faut être âgé au minimum de :

- ☐ a – 18 ans
- ☐ b – 21 ans
- ☐ c – 23 ans
- ☐ d – 35 ans

9 Un citoyen européen résidant en France peut :

- ☐ a – participer aux élections municipales
- ☐ b – être candidat aux élections municipales
- ☐ c – exercer la fonction de maire
- ☐ d – exercer la fonction d'adjoint au maire

10 La Commission européenne est responsable devant :

- ☐ a – le Conseil de l'Union européenne
- ☐ b – le Parlement européen
- ☐ c – le Conseil européen
- ☐ d – la Cour de Justice des Communautés européennes

2 • HISTOIRE

1 La conférence de Yalta, destinée à régler le sort de l'Europe à l'issue de la Seconde Guerre mondiale, réunit :

- ☐ a – Staline, Roosevelt, Churchill, de Gaulle
- ☐ b – Staline, Truman, Churchill, de Gaulle
- ☐ c – Staline, Roosevelt, Churchill
- ☐ d – Staline, Truman, Churchill

2 Pendant la Seconde Guerre mondiale, les États-Unis lancèrent deux bombes atomiques sur le Japon en :

- ☐ a – août 1943
- ☐ b – août 1944
- ☐ c – août 1945
- ☐ d – août 1946

3 L'attentat du Petit-Clamart contre le général de Gaulle eut lieu en :

- ☐ a – 1958
- ☐ b – 1960
- ☐ c – 1962
- ☐ d – 1964

4 Louise Michel est une figure :

- ☐ a – des Trois Glorieuses
- ☐ b – de la Commune de Paris
- ☐ c – de la Résistance
- ☐ d – de la Première Guerre mondiale

5 Qu'appelle-t-on une *généralité* dans la France sous l'Ancien Régime ?

- ☐ a – un titre militaire
- ☐ b – une circonscription militaire
- ☐ c – une circonscription administrative
- ☐ d – un privilège

6 En France, la scission entre socialistes et communistes eut lieu au cours du congrès de :

- ☐ a – Tours
- ☐ b – Épinay
- ☐ c – Vannes
- ☐ d – Rennes

7 L'Empereur du Japon pendant la Seconde Guerre mondiale était :

- ☐ a – Yamamoto
- ☐ b – Hiro-Hito
- ☐ c – Akihito

8 Le canal de Suez fut nationalisé en :

- ☐ a – 1948
- ☐ b – 1956
- ☐ c – 1958
- ☐ d – 1966

9 En 1620, une centaine d'émigrants anglais, à bord du *Mayflower*, débarquent en Amérique fuyant leur pays pour des raisons :

- ☐ a – politiques
- ☐ b – économiques
- ☐ c – religieuses

10 La *Révolution des Œillets* a permis de renverser la dictature :

- ☐ a – en Espagne
- ☐ b – en Argentine
- ☐ c – au Chili
- ☐ d – au Portugal

3 • GÉOGRAPHIE

1 Lequel de ces reliefs montagneux n'est pas un massif ancien ?

- ☐ a – le Massif armoricain
- ☐ b – le Massif alpin
- ☐ c – le Massif central

2 Ouagadougou est la capitale :

- ☐ a – du Niger
- ☐ b – le Ghana
- ☐ c – du Togo
- ☐ d – du Burkina Faso

3 **Qu'appelle-t-on la Mégalopolis ?**

- ☐ a – la région urbanisée autour de San Francisco
- ☐ b – la région urbanisée du Nord-Est des États-Unis
- ☐ c – la région autour de Los Angeles

4 **Quel climat se caractérise par la faiblesse des amplitudes thermiques, sa douceur générale et des pluies réparties sur toute l'année ?**

- ☐ a – le climat tropical
- ☐ b – le climat équatorial
- ☐ c – le climat océanique
- ☐ d – le climat continental

5 **Quel pourcentage de l'archipel japonais est occupé par des montagnes ?**

- ☐ a – environ 50 %
- ☐ b – environ 60 %
- ☐ c – environ 70 %
- ☐ d – environ 80 %

6 **L'atmosphère, enveloppe gazeuse entourant la Terre, a une épaisseur de :**

- ☐ a – 15 km
- ☐ b – 50 km
- ☐ c – 100 km
- ☐ d – 800 km

7 **L'agriculture aux États-Unis est :**

- ☐ a – productive
- ☐ b – intensive
- ☐ c – productive et intensive

8 **Qu'est-ce qu'un paysage d'*openfields* ?**

- ☐ a – un paysage à champs clos de haies
- ☐ b – un paysage à champs ouverts
- ☐ c – un paysage à champs en friche

9 **Les anticyclones correspondent à des zones de temps :**

- ☐ a – calme
- ☐ b – pluvieux
- ☐ c – perturbé
- ☐ d – orageux

10 **La France est présente, grâce aux Dom-Tom, dans :**

- ☐ a – l'océan Pacifique et l'océan Atlantique
- ☐ b – l'océan Antarctique, l'océan Atlantique et l'océan Indien
- ☐ c – l'océan Pacifique, l'océan Atlantique et l'océan Antarctique
- ☐ d – dans tous les océans

4 • ÉCONOMIE

1 Un appel d'offre c'est :

- ☐ a – l'attribution du marché sans mise en concurrence ni publicité au candidat préalablement choisi par l'administration
- ☐ b – l'attribution automatique d'un marché après mise en concurrence et publicité au *moins disant* (prix le plus bas)
- ☐ c – l'attribution d'un marché après mise en concurrence et publicité en fonction de différents éléments (prix, délais d'exécution, garanties techniques, expériences professionnelles..)

2 L'opération boursière par laquelle une société propose publiquement aux actionnaires d'une autre société d'acheter leurs actions à un prix supérieur au cours de la Bourse, en vue de prendre le contrôle de cette société, s'appelle :

- ☐ a – une OPE
- ☐ b – une fusion
- ☐ c – une absorption
- ☐ d – une OPA

3 Dans la théorie keynésienne, la *demande effective* est :

- ☐ a – la demande anticipée par les entreprises
- ☐ b – la demande constatée par les entreprises
- ☐ c – la demande solvable
- ☐ d – la demande intérieure

4 Une multinationale est :

- ☐ a – une entreprise qui vend dans le monde entier
- ☐ b – une fédération d'États
- ☐ c – une entreprise qui contrôle des filiales dans plusieurs pays
- ☐ d – une entreprise qui occupe plus de 10 000 salariés

5 Associez chaque centrale nucléaire à son lieu d'implantation :

1 – la Garonne
2 – la Loire
3 – le Rhône
4 – la Seine
5 – la Manche
6 – la Mer du Nord

- ☐ a – ....Chinon
- ☐ b – ....Golfech
- ☐ c – ....Gravelines
- ☐ d – ....Nogent-sur-Seine
- ☐ e – ....Paluel
- ☐ f – ....Tricastin

6 Les deux pays qui dominent le secteur de la construction navale mondiale sont :

- ☐ a – les États-Unis
- ☐ b – la Corée du Sud
- ☐ c – la France
- ☐ d – Taiwan
- ☐ e – le Japon

7 Quel pourcentage représente l'énergie nucléaire dans la production nationale d'électricité ?

- ☐ a – 25 %
- ☐ b – 53 %
- ☐ c – 76 %
- ☐ d – 88 %

8 Parmi ces pays, lequel a attiré le plus de touristes en 2002 ?

- ☐ a – Espagne
- ☐ b – États-Unis
- ☐ c – France
- ☐ d – Italie

9 Le pays le plus grand producteur de charbon est :

- ☐ a – la Chine
- ☐ b – l'Australie
- ☐ c – l'Inde
- ☐ d – les États-Unis
- ☐ e – l'Afrique du Sud

10 L'apparition du disque compact correspond :

- ☐ a – à une innovation de service
- ☐ b – à une innovation de procédé
- ☐ c – à une innovation de produit

5 • SCULPTURE – ARCHITECTURE – PEINTURE – MUSIQUE

1 Quel dessinateur et sculpteur est l'auteur de *la bicyclette ensevelie* située dans le Parc de la Villette à Paris ?

- ☐ a – Jean Tinguely
- ☐ b – Marcel Duchamp
- ☐ c – Claes Oldenburg
- ☐ d – Bernard Venet

2 Quel peintre et graveur espagnol écrivit sur une de ses œuvres : *el sueño de la razón produce monstruos* (le sommeil de la raison engendre des monstres) ?

- ☐ a – Pablo Picasso
- ☐ b – Goya
- ☐ c – El Greco
- ☐ d – Ribera

3 Qui était Lili Boulanger ?

- ☐ a – une chanteuse lyrique
- ☐ b – une femme écrivain
- ☐ c – un compositeur de musique
- ☐ d – une révolutionnaire

4 Parmi ces artistes lequel est un homme ?

- ☐ a – Ellis Bell
- ☐ b – Merce Cunningham
- ☐ c – Sigourney Weaver

5 Lequel de ces peintres est associé au mouvement religieux du Jansénisme ?

- ☐ a – Rubens
- ☐ b – Memling
- ☐ c – Vermeer de Delft
- ☐ d – Philippe de Champaigne

6 Quel architecte fut le coordinateur de la réalisation du nouveau quartier Antigone à Montpellier ?

- ☐ a – Ricardo Bofill
- ☐ b – Paul Andreu
- ☐ c – Mario Botta
- ☐ d – Borja Huidobro

7 Parmi ces œuvres, quelles sont celles attribuées à Hector Berlioz ?

- ☐ a – *La symphonie fantastique*
- ☐ b – *Sardanapale*
- ☐ c – *La symphonie héroïque*
- ☐ d – *Faust*
- ☐ e – *La damnation de Faust*

8 Qu'appelle-t-on *Art du Gandhara* ?

- ☐ a – un style de statues précolombiennes
- ☐ b – un art gréco-bouddhique
- ☐ c – des statues de soldats trouvées dans le tombeau d'un empereur chinois
- ☐ d – des sculptures en ivoire du Mali

9 Quel sculpteur réalisa la statue *Héraklès archer* ?

- ☐ a – Maillol
- ☐ b – Rodin
- ☐ c – Archipenko
- ☐ d – Bourdelle

10 Parmi ces artistes, lequel n'est pas un *cubiste* ?

- ☐ a – Georges Braque
- ☐ b – Juan Gris
- ☐ c – Pablo Picasso
- ☐ d – Giorgio Morandi

6 • CINÉMA – TÉLÉVISION – THÉÂTRE – PHOTOGRAPHIE

1 Quel écrivain, auteur du livre *La chambre claire. Note sur la photographie*, fut également un grand amateur de la culture japonaise ?

- ☐ a – Pierre Bourdieu
- ☐ b – Roland Barthes
- ☐ c – Michel Butor
- ☐ d – Octave Mirbeau

2 Quel pianiste américain de jazz a constitué à plusieurs reprises des quartettes de jazz, américains et européens, en ayant également interprété des œuvres classiques ?

- ☐ a – Oscar Peterson
- ☐ b – Keith Jarrett
- ☐ c – Bill Evans
- ☐ d – Herbie Hancock

3 **Quel acteur joue le rôle d'un professeur de théâtre dans le film *Entrée des artistes* de Marc Allégret ?**

- ☐ a – Jean Gabin
- ☐ b – Jean Carmet
- ☐ c – Louis Jouvet
- ☐ d – Bourvil

4 **Dans quel film Jeanne Moreau joue-t-elle le rôle d'une religieuse emprisonnée sous la Révolution française ?**

- ☐ a – *Viva Maria*
- ☐ b – *Dialogue de Carmélites*
- ☐ c – *La religieuse*
- ☐ d – *Les liaisons dangereuses*

5 **Dans quelle pièce de Molière un personnage dit : « Belle Marquise, vos beaux yeux me font mourir d'amour » ?**

- ☐ a – *Dom Juan*
- ☐ b – *L'avare*
- ☐ c – *Le bourgeois gentilhomme*
- ☐ d – *Les fourberies de Scapin*

6 **Quel type d'activité désigne l'art de l'Ikebana ?**

- ☐ a – l'impression de motifs floraux sur des tissus de soie
- ☐ b – le tracé de dessins au râteau sur des graviers dans des jardins japonais
- ☐ c – un art de composition florale
- ☐ d – l'art de dégainer le sabre

7 **« Atmosphère... atmosphère ! Est-ce que j'ai une gueule d'atmosphère » Quelle actrice prononça cette célèbre réplique ?**

- ☐ a – Yvonne Printemps
- ☐ b – Arletty
- ☐ c – Annabella
- ☐ d – Edwige Feuilllère

8 **En quelle année le Palais des Glaces des Champs-Elysées à Paris devint le Théâtre du Rond-Point en abritant la Compagnie Renaud-Barrault ?**

- ☐ a – 1968
- ☐ b – 1973
- ☐ c – 1979
- ☐ d – 1981

9 **Qu'est ce qu'un *Péplum* ?**

- ☐ a – une décoration ornementale dorée
- ☐ b – une tunique portée par les matrones romaines
- ☐ c – un genre de films consacrés à la mythologie et l'antiquité
- ☐ d – un chapeau féminin des années 1930

10 **Quel était le métier de Gutenberg ?**

- ☐ a – calligraphe
- ☐ b – ébéniste
- ☐ c – orfèvre
- ☐ d – peintre

7 • LITTÉRATURE – POÉSIE

1 Le roman de formation est caractérisé par un récit dans lequel un héros jeune est amené, à l'occasion de rencontres ou de circonstances, à développer sa personnalité. Parmi ces romans, lesquels appartiennent à cette catégorie ?

☐ a – *Les années d'apprentissage de Wilhelm Meister*

☐ b – *Le paysan parvenu*

☐ c – *Le Rouge et le Noir*

2 Qu'est-ce qu'un moraliste ?

☐ a – un écrivain qui fait part de ses observations sur les moeurs

☐ b – un écrivain qui appartient à la période classique

☐ c – un écrivain qui transmet des leçons de morale

3 La naissance du discours politique se trouve dans l'éloquence révolutionnaire. Quels sont ses représentants parmi les hommes suivants ?

☐ a – Condorcet

☐ b – Robespierre

☐ c – Barnave

4 « Dis moi ce que tu lis, je te dirai qui tu es » a été écrit par :

☐ a – François Mauriac

☐ b – Jean Giono

☐ c – Françoise Giroud

5 Dans la littérature, Aristote définit les types de discours qu'il appelle *genres oratoires*. Cochez ceux qui appartiennent à ces *genres oratoires* :

☐ a – discours judiciaire

☐ b – discours épidictique ou démonstratif

☐ c – discours tragique

6 La fable est un genre ancien mais celui-ci est considéré comme un genre mineur. La Fontaine a donné à la fable toute sa noblesse. Il a été inspiré par :

☐ a – le grec Esope

☐ b – le latin Phèdre

☐ c – le grec Socrate

7 *Il Canzoniere* (recueil de chansons) est le titre de l'ensemble des poèmes écrits par le poète italien François Pétrarque en l'honneur d'une femme dont il était profondément épris. Il s'agit de :

☐ a – Laure

☐ b – Hélène

☐ c – Cassandre

8 Qu'est-ce que le plagiat ?

☐ a – un poème grec

☐ b – un roman

☐ c – le fait de recopier des passages appartenant à d'autres auteurs en faisant croire qu'on les a écrits soi-même

9 Quel est l'auteur de cette phrase célèbre : « Celui qui a recours aux mensonges incarne l'esprit du mal. » ?

- ☐ a – Blaise Pascal
- ☐ b – Jean-Jacques Rousseau
- ☐ c – Victor Hugo

10 Qu'est-ce que le burlesque ?

- ☐ a – une plaisanterie
- ☐ b – un genre qui affecte tous les genres
- ☐ c – une comédie

8 • VOCABULAIRE – ORTHOGRAPHE – GRAMMAIRE

1 Une seule de ces phrases est correcte. Laquelle ?

- ☐ a – Plus d'un s'est étonné de sa chance, moins de deux ans lui ont suffi pour réussir.
- ☐ b – Plus d'un se sont étonné de sa chance, moins de deux ans lui ont suffi pour réussir.
- ☐ c – Plus d'un s'est étonné de sa chance, moins de deux ans lui a suffi pour réussir.

2 Cochez la phrase bien orthographiée :

- ☐ a – Le lendemain, les quatre-vingts kilomètres que j'ai parcouru avec mes camarades nous ont donné la possibilité de respirer l'air frais.
- ☐ b – Le lendemain, les quatre-vingts kilomètres que j'ai parcourus avec mes camarades nous ont donné la possibilité de respirer l'air frais.

3 Dans les phrases suivantes, quel est le participe passé écrit correctement ?

- ☐ a – La pollution et les orages ont nui aux récoltes.
- ☐ b – La pollution et les orages ont nuis aux récoltes.
- ☐ c – La pollution et les récoltes ont nuient aux récoltes.
- ☐ d – La pollution et les récoltes ont nuies aux récoltes.

4 Quel est le participe passé du verbe acquérir ?

- ☐ a – acquis
- ☐ b – acquéri
- ☐ c – acquit
- ☐ d – acquitté

5 Que signifie dissension ?

- ☐ a – déviation d'une expression
- ☐ b – désaccord
- ☐ c – opposition
- ☐ d – dispersion
- ☐ e – disparition

6 Cochez la phrase correcte :

☐ a – Quels que soient le barème et les tolérances, il lui sera difficile de réussir.

☐ b – Quelque soient le barème et les tolérances, il lui sera difficile de réussir.

☐ c – Quelques soient le barème et les tolérances, il lui sera difficile de réussir.

7 Écrire avec un seul *c* ou deux *c* les mots suivants :

1 – c

2 – cc

☐ a – ....a…aparer

☐ b – ....o…uper

☐ c – ....a…outumer

☐ d – ....a…acia

☐ e – ....a…olyte

☐ f – ....o…asion

☐ g – ....o…ulaire

☐ h – ....su…ursale

8 Cochez les adverbes correctement orthographiés ?

☐ a – incessamment

☐ b – succinctement

☐ c – ardamment

☐ d – méchament

☐ e – puissament

☐ f – apparemment

☐ g – patiement

☐ h – intelligemment

9 Quelle est la forme correcte de *leur* ?

☐ a – Nous leur donnons leurs gants.

☐ b – Nous leur donnons leur gant.

☐ c – Nous leurs donnons leurs gants.

☐ d – Nous leurs donnons leur gants.

10 Cochez les mots qui possèdent des traits d'union :

☐ a – etc

☐ b – un entête

☐ c – c'est à dire

☐ d – tout à fait

☐ e – au fur et à mesure

9 • QUESTIONS À RÉPONSE COURTE

1 *Le contreseing des actes du président de la République :*

2 *Les accords de Schengen :*

3 *Les attentats du 11 septembre 2001 :*

4 *La BERD :*

5 *Le général de Gaulle :*

Réponses aux questions

1 • INSTRUCTION CIVIQUE – DROIT

1 *c* – la souveraineté nationale. La souveraineté nationale appartient au peuple. Celui-ci exerce son pouvoir par l'intermédiaire de ses représentants et/ou par la voie du référendum. Le peuple est formé par la collectivité des individus ayant la qualité de citoyen. Le citoyen est celui qui a l'aptitude à participer aux différentes procédures permettant à la volonté nationale de s'exprimer.

2 *c* – constitutionnelle. Le principe de la liberté d'association a une valeur constitutionnelle.

3 *c* – que chaque ministre supporte la responsabilité des décisions arrêtées en Conseil des ministres et contresignées par le Premier ministre.

4 *a et c* – au gouvernement pendant la durée des sessions parlementaires ou conjointement à l'Assemblée nationale et au Sénat. Le président de la République peut soumettre au peuple français un projet de loi par voie de référendum à condition que la proposition émane du gouvernement pendant la durée des sessions parlementaires ou conjointement des deux assemblées. Dans certains cas, le recours au référendum a été une initiative personnelle du président de la République - la proposition du gouvernement n'étant alors qu'une formalité – lui permettant ainsi d'affirmer ses pouvoirs et d'en préciser les contours.

5 *c* – elle doit être signée par le président de la République dans les 15 jours qui suivent son vote. Pour qu'une loi soit applicable après son adoption par le Parlement, elle doit être signée par le président de la République dans les 15 jours qui suivent son vote.

6 *d* – le Premier ministre à remettre la démission de son gouvernement au président de la République. Le vote d'une motion de censure à l'Assemblée nationale oblige le Premier ministre à remettre la démission de son gouvernement au président de la République.

7 *c* – cohabitation. Le président de la République doit choisir un Premier ministre qui appartient à la majorité politique de l'Assemblée nationale. Il y a donc cohabitation lorsque la majorité politique de l'Assemblée nationale est d'un bord opposé à la majorité présidentielle puisque le président de la République est obligé de choisir un Premier ministre qui n'appartient pas à sa majorité.

8 *c* – 23 ans. Tout candidat à l'élection présidentielle doit être âgé au minimum de 23 ans.

9 ***a et b*** – participer aux élections municipales et être candidat aux élections municipales. Un citoyen européen résidant en France peut voter aux élections municipales et aux élections européennes. Il peut aussi être candidat aux élections municipales. Par contre, il ne peut ni exercer la fonction de maire ou d'adjoint au maire ni participer à la désignation des électeurs sénatoriaux et à l'élection des sénateurs.

10 *b* – le Parlement européen. La Commission européenne est responsable devant le Parlement européen. Ce dernier doit approuver sa composition et il peut, en adoptant une motion de censure, obliger les membres de la Commission européenne à démissionner collectivement.

2 • HISTOIRE

1 *c* – Staline, Roosevelt, Churchill. Alors que la guerre n'est pas encore achevée, les deux vainqueurs, les États-Unis et l'URSS, s'attellent à la réorganisation du monde. Au cours de la conférence de Yalta, tenue en Crimée du 4 au 12 février 1945, ils définissent les priorités qui devront guider la réorganisation du monde (la liberté pour les peuples de choisir leur gouvernement, le règlement des conflits internationaux par la diplomatie…) et règlent le sort de l'Allemagne et de l'Europe orientale. La France ne fut pas invitée à participer à cette conférence.

2 *c* – août 1945. Pour amener le Japon à capituler, les États-Unis décidèrent de bombarder deux villes du Japon avec des bombes atomiques. La première bombe atomique fut larguée sur Hiroshima le 6 août 1945 et la seconde sur Nagasaki le 9 août 1945. Le 2 septembre, la capitulation sans condition du Japon est signée à bord du cuirassé américain Missouri.

3 *c* – 1962. La marche vers l'indépendance de l'Algérie entraîne, en France, une vague d'attentats de l'OAS dont le général de Gaulle manque d'être victime, le 8 septembre 1962, à Pont-sur-Seine. Une fois l'indépendance de l'Algérie ratifiée (les accords d'Évian le 18 mars 1962), il échappe à un nouvel attentat de l'OAS, le 22 août 1962, sur la route du Petit-Clamart.

4 *b* – de la Commune de Paris. Louise Michel (1830-1905) est une révolutionnaire anarchiste. Institutrice à Paris en 1885, elle milite activement dans l'opposition républicaine, adhère à la 1re Internationale et participe à la Commune de Paris. Condamnée, elle fut déportée en Nouvelle-Calédonie en 1873. Elle s'emploie à l'instruction des Canaques et les soutient dans leur révolte contre les colons. De cette période date son adhésion à l'anarchie. Amnistiée en 1880, elle revient à Paris où elle ne cesse de lutter pour la libération des *damnés de la terre*.

5 *c* – une circonscription administrative. L'Ancien Régime est marqué par une forte centralisation des pouvoirs. La France est divisée en généralités dont la taille correspond à peu près à trois départements actuels. Chaque généralité est administrée par un intendant directement nommé par le roi. Les attributions de l'intendant n'ont cessé de s'accroître jusqu'à la Révolution, tant en matière de fiscalité que d'administration générale (police, justice, transports, santé).

6 *a* – Tours. Depuis 1905, les différents courants socialistes sont regroupés au sein de la SFIO (Section Française de l'Internationale Ouvrière). La victoire des bolcheviques en Russie, en 1917, entraîne des dissensions au sein du mouvement ouvrier international. Au cours du XVIIIe Congrès de la SFIO, réuni à Tours entre le 25 et le 31 décembre 1920, les différentes tendances durent se prononcer sur les 21 conditions d'adhésion à l'Internationale communiste. La majorité des délégués approuvant ces conditions, la scission devint inévitable. Le courant majoritaire, sous l'impulsion de Cachin et Frossard, décida de créer la Section Française de l'Internationale Communiste qui deviendra en 1922 le Parti Communiste Français.

7 *b* – Hiro-Hito. Hiro-Hito (1908-1989) devient, en 1926, le 124e Empereur du Japon en succédant à son père l'Empereur Taisho Tenno. Sa responsabilité dans le déclenchement de la guerre en 1941 n'a jamais été formellement déterminée. Après les bombardements atomiques sur Hiroshima et Nagasaki, il fait pression sur le cabinet de guerre pour mettre fin aux hostilités. Son fils Akihito lui succède en 1989. L'amiral Yamamoto, chef des forces aéronavales, dirigea l'attaque japonaise sur Pearl Harbour en 1941.

8 *b* – 1956. Le président égyptien Gamal Abdel Nasser (1918-1970) annonça, le 26 juillet 1956, la nationalisation du canal de Suez. Ce coup d'audace, véritable défi à l'Occident, crée le mythe de Nasser dans le monde arabe, et plus largement dans le tiers-monde. La France, l'Angleterre et Israël conviennent, à l'insu des États-Unis, d'une attaque militaire contre l'Égypte : le 29 octobre 1956, les troupes israéliennes commencent l'invasion du

Sinaï, qu'elles achèvent en six jours, arrivant jusqu'au canal. Le 5 novembre, les parachutistes français et britanniques sautent sur Port-Saïd et progressent vers le sud. Défaite militairement, l'Égypte de Nasser remporte une victoire diplomatique car l'ONU condamne l'action franco-britannique et Washington désavoue ses alliés. Français et Anglais sont contraints au cessez-le-feu puis au départ, le 22 décembre 1956.

9 *c* – religieuses. Ces émigrants anglais qui partent sur le *Mayflower* sont des puritains fuyant les persécutions religieuses dans leur pays. Ils constituent le courant calviniste au sein de l'Église anglicane. Ces Pères pèlerins, soldats de Dieu sur Terre, débarquent le 9 novembre 1620 sur la côte américaine de ce qui est aujourd'hui le Massachusetts et y fondent la Nouvelle-Angleterre, colonie aux mœurs particulièrement austères.

10 *d* – au Portugal. Le 25 avril 1974, un putsch militaire met fin au régime dictatorial du Portugal sans effusion de sang. Ce coup d'État est organisé par un groupe d'officiers regroupés au sein d'une organisation secrète appelée Mouvement des Forces Armées (MFA). Son succès fut assuré par le soutien massif de la population de Lisbonne. La *Révolution des Œillets* a permis de mettre fin à une dictature vieille de 48 ans.

3 • GÉOGRAPHIE

1 *b* – le Massif alpin. Le massif alpin est une chaîne de montagne récente. Le soulèvement alpin commence à l'ère tertiaire, il y a environ 10 millions d'années, et continue aujourd'hui au rythme de 1 à 3 mm par an. Le séisme du Frioul en Italie, au cours de l'année 1976, rappelle d'ailleurs que la plaque africaine continue à éperonner la plaque européenne. Le Massif armoricain et le Massif central se sont mis en place à l'ère primaire et ont donc été beaucoup plus érodés.

2 *d* – du Burkina Faso. Ouagadougou est la capitale du Burkina Faso. État enclavé de l'Afrique sahélienne, limité au nord et à l'ouest par le Mali, à l'est par le Niger, au sud par le Bénin, le Togo, le Ghana et la Côte-d'Ivoire, le Burkina Faso est le nom qui a remplacé, après la révolution du 4 août 1983, l'ancienne appellation coloniale de Haute -Volta. Le Niger a pour capitale Niamey et le Togo Lomé.

3 *b* – la région urbanisée du Nord-Est des États-Unis. Ce terme a été créé par le géographe Jean Gottmann pour désigner la vaste zone urbaine qui, aux États-Unis, s'étire sur plus de 700 km, entre les Appalaches et l'océan Atlantique, de l'État du Massachusetts, au nord, jusqu'à la limite de la Virginie, au sud. Cet « espace urbanisé à structure de nébuleuse » englobe, du nord au sud, les aires métropolitaines de Boston, New York, Philadelphie, Baltimore et Washington, auxquelles s'ajoutent d'autres agglomérations, soit au total une centaine de villes. Cet ensemble forme une des plus fortes concentrations urbaines du monde : près de 40 millions de personnes, c'est-à-dire 15 % de la population des États-Unis, rassemblées sur 1,8 % de la superficie du territoire. Économiquement et politiquement, c'est le pôle principal du système mondial contemporain.

4 *c* – le climat océanique. Le climat océanique, qui règne sur les îles et les façades occidentales des continents de la zone tempérée, est dû essentiellement à l'influence des océans. La France est sous l'influence de ce climat pour les 2/3 de son territoire.

5 *c* – environ 70 %. Les montagnes représentent 68 % du territoire japonais ne laissant que 110 000 km^2 habitables par l'homme.

6 *d* – 800 km. L'atmosphère est constituée par un mélange de gaz et de particules d'origine cosmique et terrestre. Elle nous protège d'une grande partie du rayonnement (gamma, X, ultraviolet, visible, infrarouge…) que notre planète reçoit de l'univers, et, particulièrement du Soleil. La raréfaction des molécules gazeuses de l'atmosphère étant continue à mesure qu'on s'éloigne de la surface du globe, on considère aujourd'hui que la hauteur limite de l'atmosphère se situerait dans une zone de transition assez épaisse, entre 500 et 800 km. L'observation et l'étude des aurores polaires conduisent également à fixer aux environs de 800 km la limite de l'atmosphère terrestre.

7 *a* – productive. L'agriculture aux États-Unis est productive, c'est-à-dire qu'un agriculteur américain produit d'importantes quantités. Il ne faut pas confondre productivité et rendement. La productivité est ce que produit un homme et le rendement est ce que produit la terre. Une agriculture peut être productive et peu intensive (faibles rendements) comme aux États-Unis mais elle peut être intensive (forts rendements) et peu productive comme en Europe. Aux États-Unis, les rendements sont assez faibles (de l'ordre de 60 quintaux à l'hectare en blé) mais l'agriculteur cultive de très vastes superficies (souvent plusieurs centaines d'hectares) tout seul grâce à l'aide de machines. En France, les rendements sont

assez forts (de l'ordre de 100 quintaux à l'hectare en blé) mais les superficies cultivées par un agriculteur sont plus petites (40 hectares environ).

8 *b* – un paysage à champs ouverts. La traduction littérale, *champs ouverts*, décrit bien ce paysage de champs ouverts de grande dimension. L'*openfield* est tout à fait adapté à la grande céréaliculture spécialisée et très mécanisée, comme en Beauce par exemple. L'*openfield* s'oppose au bocage, paysage agraire cloisonné de haies, typique des régions atlantiques de l'Europe occidentale.

9 *a* – calme. Un anticyclone est une zone de hautes pressions où les vents tournent dans le sens horaire. Dans l'hémisphère Sud, le sens de rotation du système est inversé. Les anticyclones peuvent atteindre plus de 3 000 km de diamètre et leurs déplacements sont très lents. Ils s'accompagnent généralement d'un temps clair et relativement sec mais pas obligatoirement ensoleillé.

10 *d* – dans tous les océans. La France a des territoires dans l'océan Atlantique (les Antilles, la Guyane, Saint-Pierre-et-Miquelon), dans l'océan Pacifique (la Polynésie française, la Nouvelle-Calédonie), dans l'océan Indien (la Réunion) et dans l'océan Antarctique (la Terre Adélie). Elle dispose ainsi du troisième empire maritime mondial.

4 • ÉCONOMIE

1 *c* – l'attribution d'un marché après mise en concurrence et publicité en fonction de différents éléments (prix, délais d'exécution, garanties techniques, expériences professionnelles..).

2 *d* – une OPA. Une offre publique d'achat (OPA) est une opération boursière par laquelle une société, dite société initiatrice, propose publiquement aux actionnaires d'une autre société d'acheter leurs actions à un prix supérieur au cours de la Bourse, en vue de prendre le contrôle de cette société. Une offre publique d'échange (OPE) est une opération boursière par laquelle une société (société initiatrice) propose publiquement aux actionnaires d'une autre société d'échanger leurs actions contre d'autres titres lui appartenant. La fusion est le groupement des biens et des activités de deux ou de plusieurs entreprises pour n'en constituer qu'une seule soit par la création d'une entreprise nouvelle (fusion proprement dite), soit par l'absorption des autres par l'une d'elles.

3 *a* – la demande anticipée par les entreprises. John Maynard Keynes (1883-1946), célèbre économiste britannique, redéfinit, dans les années 1930, l'objet de l'économie politique, en renouvelle la perspective et plaide en faveur de l'intervention active de l'État. Aujourd'hui encore, ses théories alimentent débats et polémiques sur la nature de la crise, les mesures à prendre pour résorber le chômage et les moyens de retrouver la croissance. Dans la théorie keynésienne, la *demande effective* est la demande anticipée par les entreprises. L'idée centrale de Keynes est que le niveau de l'emploi, qui est déterminé par le niveau de la demande effective sur une période donnée, ne coïncide pas forcément avec le revenu global distribué à l'occasion du processus de production. En effet, il est possible que ce revenu global ne soit pas dépensé dans sa totalité, ce qui rend la demande effective insuffisante pour maintenir un niveau d'emploi satisfaisant. D'où la nécessité d'analyser les deux déterminants de la demande globale : la consommation et l'investissement.

4 *c* – une entreprise qui contrôle des filiales dans plusieurs pays. Une entreprise devient une multinationale quand elle contrôle plusieurs filiales de production ou de distribution dans plusieurs pays. La multinationalisation est l'un des aspects les plus marquants de la stratégie et de l'organisation des grandes entreprises à la fin des années 1960. D'abord développé à partir des États-Unis et de la Grande-Bretagne, le phénomène s'est étendu à l'ensemble du monde industrialisé à la fin des années 1980. L'impact des activités des multinationales sur le fonctionnement de l'économie mondiale est considérable et modifie la place traditionnelle des économies nationales.

5 *a 2* – Chinon : la Loire.

b 1 – Golfech : la Garonne.

c 6 – Gravelines : la Mer du Nord.

d 4 – Nogent-sur-Seine : la Seine.

e 5 – Paluel : la Manche.

f 3 – Tricastin : le Rhône.

6 *b et e* – la Corée du Sud et le Japon. Le premier pays qui domine le secteur de la construction navale est le Japon suivi de la Corée du Sud. Ils réalisent plus de la moitié des livraisons mondiales de navires ; pour sa part, le Japon assure près du tiers de ces livraisons.

7 c – 76 %. En France, les centrales nucléaires produisent les trois quarts de l'énergie électrique. La France est le seul pays à être dans cette situation. Cette politique lui a permis d'améliorer son indépendance énergétique ainsi que de réduire sa dépendance par rapport au pétrole.

8 c – France. En 2002, la France est au premier rang des pays qui attirent le plus de touristes avec 76,5 millions de touristes devant l'Espagne (49,5 millions de touristes), les États-Unis (45,5 millions de touristes) et l'Italie (41 millions de touristes). Le tourisme est devenu l'une des premières activités économiques du monde, mettant en jeu des capitaux considérables. Des centaines de millions de touristes se déplacent sur la planète chaque année. Pour la plupart, ils appartiennent au monde industrialisé, occidental ou japonais.

9 *a* – la Chine. La Chine concentre près de 38 % de la production mondiale suivi des États-Unis avec près de 24 % de la production mondiale. Les réserves prouvées planifiables sont estimées, dans les conditions techniques et économiques actuelles, à près de 1 300 milliards de tonnes équivalent charbon (850 milliards pour la houille et 450 milliards pour le lignite). 40 % des réserves mondiales se trouvent en Asie, essentiellement en Chine (340 milliards de tonnes de houille, 100 de lignite), contre seulement 24 % en Amérique du Nord (moitié houille, moitié lignite), essentiellement aux États-Unis.

10 c – à une innovation de produit. L'apparition du disque compact correspond à une innovation de produit. On distingue traditionnellement trois types d'innovation :
- l'innovation de produit touche aux fonctionnalités ou à la nature de l'objet (par exemple, l'apparition du disque compact) ;
- l'innovation de procédé (ou de process) porte sur les techniques de conception et de fabrication sans affecter nécessairement le produit réalisé (par exemple, la robotisation et l'automatisation d'une chaîne de fabrication) ;
- l'innovation de service concerne des biens immatériels comme les modes de distribution ou d'organisation (par exemple, l'organisation rationnelle d'une chaîne de restaurants bon marché).

5 • SCULPTURE – ARCHITECTURE – PEINTURE – MUSIQUE

1 c – Claes Oldenburg. Claes Oldenburg est né en 1929 à Stockholm en Suède. Cet artiste fait partie du mouvement du *Pop Art*. Dans les années 1960, il reproduit des objets d'une manière détournée : de faux sandwichs, de faux gâteaux en plâtre peint ou des toasters fait d'une toile molle de couleur beige.

2 *b* – Goya. À la suite d'une grave maladie, en 1792, Goya (1746-1828) devint sourd et orienta son art dans de nouvelles directions. En 1799, il publie une série de planches qu'il appelle *Les Caprices* dans laquelle apparaît cette gravure.

3 *c* – un compositeur de musique. Lili Boulanger (1893-1918) fut la première femme à recevoir un premier grand prix de Rome en 1913. Elle créa une cantate *Faust et Hélène* qui lui valut ce prix de Rome.

4 *c* – Merce Cunningham. Cunningham est né en 1919. Il est un danseur d'avant-garde et un chorégraphe américain. Ellis Bell est le pseudonyme utilisé par Emily Brontë (1818-1848) pour son livre *Les Hauts de Hurlevent* et Sigourney Weaver (née en 1949) a joué au cinéma dans la série de films sur *Alien*.

5 *d* – Philippe de Champaigne. Philippe de Champaigne (1602-1674) a peint, en 1662, le tableau *l'Ex-voto* en action de grâces pour la guérison de sa fille religieuse à Port-Royal. L'écrivain Blaise Pascal (1623-1662) fut également très proche de ce mouvement religieux centré sur l'Abbaye de Port-Royal à Paris.

6 *a* – Ricardo Bofill. Bofill est né en 1939. De 1978 à l'an 2000, il a coordonné le projet de ce nouveau quartier de Montpellier.

7 ***a, b et e*** – *La symphonie fantastique*, *Sardanapale* et *La damnation de Faust*. En 1830, Berlioz écrit avec Marie Moke, une excellente pianiste, *la Symphonie fantastique*. Sa cantate *Sardanapale* lui permet d'obtenir en 1830 le grand prix de Rome. Jouée en 1845, *La damnation de Faust* fut un échec. C'est Charles Gounod (1818-1893) qui écrivit l'opéra *Faust* en 1859. Beethoven (1770-1827) compose *la symphonie héroïque* en 1803.

8 *b* – un art gréco-bouddhique. De la rencontre des cultures grecque et indienne allait naître un art original, appelé *art du Gandhara*, qui perdura du Ier siècle au VIIe siècle. Le Gandhara est une province du nord-ouest de l'Inde dans laquelle cet art a pris naissance, vers le IIe siècle, avec l'image anthropomorphe du Bouddha.

9 *d* – Bourdelle. Bourdelle (1861-1929) réalisa la sculpture *Héraklès archer* en 1909. Cette sculpture est, depuis 1956, le symbole de l'Institut National du Sport et de l'Éducation Physique (INSEP) à Paris.

10 *d* – Giorgio Morandi. Giorgio Morandi (1890-1964) fait partie du mouvement futuriste italien. Le futurisme travaille sur des représentations du mouvement et du dynamisme de la vie moderne. Sa période se situe de 1904 à 1914 en Italie, France et Russie principalement. Le concept du *Cubisme* est que l'essence d'un objet peut être capturée en montrant simultanément des vues différentes de cet objet.

6 • CINÉMA – TÉLÉVISION – THÉÂTRE – PHOTOGRAPHIE

1 *b* – Roland Barthes. *L'Empire des signes*, traitant des coutumes et de la calligraphie japonaise, est écrit après trois séjours effectués au Japon. Roland Barthes (1915-1980) est élu en 1976 au Collège de France, à la chaire de Sémiologie littéraire. Son livre *La Chambre claire. Note sur la photographie* paraît en 1980 quelques semaines avant son décès accidentel.

2 *b* – Keith Jarret. Keith Jarret est né en Pennsylvanie en 1945. Il s'associe en 1974 à Jan Garbarek et tous deux constituent un quartette européen avec Palle Danielsson et Jon Christensen. Ce quartette jouit d'une renommée internationale et Keith devient un objet de culte pour amoureux du jazz. En 1988, Keith Jarrett enregistre le *Clavier bien tempéré* et en 1989 les *Variations Goldberg* de Jean Sébastien Bach. Puis il s'attaque en 1992 aux *Préludes et Fugues* de Dimitri Chostakovitch. En 1997, il enregistre 3 *Concertos* de Mozart.

3 *c* – Louis Jouvet. Louis Jouvet (1887-1951) joue le rôle du professeur Lambertin dans *Entrée des artistes* de Marc Allégret en 1938. Ce film policier, dont l'action se passe au Conservatoire de Paris, est aussi interprété par Odette Joyeux et Claude Dauphin.

4 *b* – *Dialogue de Carmélites*. Tourné en 1960 par Philippe Agostini. En janvier 2001, Jeanne Moreau est devenue officiellement membre de l'Académie des Beaux-Arts, sous la coupole de l'Institut de France à Paris.

5 *c* – *Le bourgeois gentilhomme*. Dans cette pièce de 1672, Monsieur Jourdain s'entretient à un moment avec son maître de philosophie sur l'art du vers et de la prose.

6 *c* – un art de composition florale. L'ikebana est une tradition d'art floral qui date de plus de treize siècles. En provenance de Chine, cet art a été introduit au Japon au début du VIIe siècle.

7 *b* – Arletty. Cette réplique fait partie d'un dialogue entre Arletty (1898-1992) et Louis Jouvet dans le film *Hôtel du Nord* de Marcel Carné. Il fut écrit en 1938 par Henri Jeanson.

8 *d* – 1981. Le Théâtre du Rond-Point ouvre ses portes en mars 1981 avec un spectacle de Jean-Louis Barrault, *L'amour de l'amour*. La compagnie y séjournera pendant 10 ans. De 1991 à 1995, Le Rond-Point / Théâtre Renaud-Barrault héberge l'Académie Expérimentale des Théâtres puis de 1995 à 2000 la Compagnie Marcel Maréchal. Après le départ de Maréchal, la direction du Rond-Point est provisoirement confiée à Philippe Buquet jusqu'en 2001. En novembre 2001, l'auteur Jean-Michel Ribes est nommé pour 5 ans directeur par le maire de Paris et le ministère de la Culture.

9 ***b et c*** – une tunique portée par les matrones romaines et un genre de films consacrés à la mythologie et l'antiquité. De nos jours, c'est surtout un genre cinématographique qui est désigné par l'appellation de *Péplum*. Ridley Scott avec son film *Gladiator* a souhaité redonner vie à ce type de films qui était déjà très prisé dans le cinéma américain des années 1930. Cecil B. de Mille (1881–1959) dirigea de grandes superproductions de ce genre avec *Samson et Dalila* (1949) et *Les dix commandements* (1956).

10 *c* – Orfèvre. Johannes Gensfleisch, bientôt connu sous le nom de Gutenberg (1400-1467 ou 1468) appartenait à la corporation des orfèvres de Nuremberg. Il eut l'idée d'utiliser le plomb pour fabriquer des caractères typographiques mobiles. Mais c'est aussi l'utilisation du papier de chiffon, plutôt que du parchemin, qui a permis à ce procédé de reproduction d'être réellement efficace.

7 • LITTÉRATURE – POÉSIE

1 *a, b et c* – *Les années d'apprentissage de Wilhelm Meister*, *Le paysan parvenu* et *Le Rouge et le Noir*. Dans ces romans, Goethe (*Les années d'apprentissage de Wilhelm Meister*), Marivaux (*Le paysan parvenu*) et Stendhal *(Le Rouge et le Noir*) proposent le plus souvent un déroulement chronologique qui suit l'itinéraire du héros dans un espace géographique, social ou historique. À la fin du roman, les héros parviennent soit à un accomplissement, soit au contraire à une désillusion associée à la perte de leur idéal.

2 *a* – un écrivain qui fait part de ses observations sur les mœurs. Un écrivain moraliste est un écrivain qui fait part, à travers un portrait caractéristique ou un énoncé à valeur générale, de

ses observations sur les moeurs, les comportements ou la nature de l'homme. La Bruyère (1645-1696), La Rochefoucauld (1613-1680) sont des moralistes.

3 ***a et b*** – Condorcet et Robespierre. Condorcet (1743-1794) et Robespierre (1758-1794), grands représentants de l'éloquence révolutionnaire, ont été nourris de culture latine et usent de moyens rhétoriques classiques car ils se doivent de séduire, de convaincre.

4 *a* – François Mauriac. Cette phrase a été écrite par François Mauriac (1885-1970) dans ses *Mémoires intérieurs*.

5 ***a et b*** – discours judiciaire et discours épidictique ou démonstratif. Le discours judiciaire correspond de nos jours au plaidoyer et au réquisitoire. Le discours épidictique correspond à l'éloge (oraisons funèbres de Bossuet), au blâme (les satires de Boileau), à la critique.

6 ***a et b*** – le grec Esope et le latin Phèdre. La fable trouve son inspiration chez Esope (VIIe-VIe siècle avant Jésus Christ) et chez Phèdre (Ier siècle avant et après Jésus Christ).

7 *a* – Laure. *Il Canzoniere* a été écrit par François Pétrarque (1304-1374) pour Laure. Le mot a ensuite désigné tous les recueils de poésies amoureuses consacrés à une héroïne, réelle ou imaginaire.

8 *c* – le fait de recopier des passages appartenant à d'autres auteurs en faisant croire qu'on les a écrits soi-même.

9 *a* – Blaise Pascal (1623-1662).

10 *b* – un genre qui affecte tous les genres. Le burlesque se définit comme une discordance entre le style et le sujet. Il affecte tous les genres. Il est un travestissement bouffon de l'époque antique. Inauguré par Scarron, il caractérise l'époque de la Fronde. De nobles héros y sont plongés dans des situations prosaïques ou ridiculisés par un style trivial.

8 • VOCABULAIRE – ORTHOGRAPHE – GRAMMAIRE

1 *a* – Plus d'un s'est étonné de sa chance, moins de deux ans lui ont suffi pour réussir.

Règle : après « plus d'un » le verbe est au singulier ; après « moins de deux », le verbe est au pluriel.

2 *a* – Le lendemain, les quatre-vingts kilomètres que j'ai parcouru avec mes camarades nous ont donné la possibilité de respirer l'air frais.

Règle : les participes passés parcouru, coûté, vécu sont invariables lorsque le complément placé avant le verbe est un complément de mesure, de poids, de prix, de temps, de valeur. Cependant, les participes passés s'accordent avec le complément placé avant le verbe lorsque le complément est un complément d'objet direct.

3 *a* – La pollution et les orages ont nui aux récoltes

Règle : le participe passé employé avec l'auxiliaire avoir s'accorde en genre (masculin ou féminin) et en nombre (singulier ou pluriel) avec le complément d'objet direct placé avant lui. Pour connaître la terminaison d'un participe passé au masculin singulier, il suffit de le mettre au féminin et de terminer le participe passé par la dernière lettre entendue au féminin (exemple : réduit => réduite => terminaison it) sauf pour les adjectifs suivants : dissous = dissoute, absous = absoute.

4 *a* – acquis.

5 *b* – désaccord.

6 *a* – Quels que soient le barème et les tolérances, il lui sera difficile de réussir.

Règle : quel que s'écrit en deux mots lorsqu'il est suivi du verbe *être* ou *devoir être* ou *pouvoir être* au subjonctif (quel s'accorde avec le nom qu'il suit).

7 *a 2* – accaparer

b 2 – occuper

c 2 – accoutumer

d 1 – acacia

e 1 – acolyte

f 2 – occasion

g 1 – oculaire

h 2 – succursale

8 *a* – incessamment

b – succinctement

f – apparemment

h – intelligemment

Règle : on forme les adverbes en *ment* en ajoutant le suffixe *ment* au féminin des adjectifs.

Cas particuliers :

– la formation des adverbes qui se terminent par *amment* ou *emment* :
  - il faut terminer un adverbe par *amment* si celui-ci est dérivé d'un adjectif qui se termine par *ant* : suffisant => suffisamment ;
  - il faut terminer un adverbe par *emment* si celui-ci est dérivé d'un adjectif qui se termine par *ent* : décent => décemment.

– les adverbes dérivés d'adjectifs terminés par *u* ou *i* ne prennent pas de *e* après le *i* ou le *u* : absolu => absolument. La lettre *e* muette est remplacée par un accent circonflexe dans les adverbes suivants : assidûment, continûment, crûment, dûment, incongrûment, indûment.

Il aurait fallu écrire :

c – ardemment

d – méchamment

e – puissamment

g – patiemment

9 *a* – Nous leur donnons leurs gants.

Règle : *leur* devant un verbe est un pronom personnel et il est invariable.

Leur devant un nom s'accorde avec le nom auquel il se rapporte. Cependant, pour bien accorder, il faut distinguer trois cas :

– il n'y a qu'un seul objet possédé par l'ensemble des possesseurs : *leur* se met au singulier (ils sont venus avec leur fille) ;

– il y a plusieurs objets possédés par possesseur : *leur* se met au pluriel (ils ont rangé leurs documents) ;

– il n'y a qu'un seul objet possédé par possesseur : *leur* se met indifféremment au singulier ou au pluriel (Ils ont mis leur manteau ou Ils ont mis leurs manteaux).

10 *b* – un en-tête

c – c'est-à-dire

9 • QUESTIONS À RÉPONSE COURTE

1) Les actes du président de la République sont contresignés par le Premier ministre et, le cas échéant, par les ministres responsables lorsqu'il s'agit d'attributions présidentielles partagées. Aux termes de l'article 19 de la Constitution, doivent être contresignés par le Premier ministre et le cas échéant par les ministres responsables : les décrets et ordonnances, la nomination des ministres, la convocation du Parlement en session extraordinaire ou en Congrès, la promulgation des lois, la demande d'une nouvelle délibération, l'accréditation des ambassadeurs, la négociation et la ratification des traités, le droit de grâce… L'exigence du contreseing (deuxième signature) permet d'authentifier la signature présidentielle, de marquer l'accord de volonté des signataires et de transférer la responsabilité à l'autorité contresignataire : Premier ministre et/ou ministre(s).

2) Signés en juin 1985, les accords de Schengen sont entrés en vigueur en mars 1995. Ces accords ont été signés par tous les États membres de l'Union européenne, à l'exception du Royaume-Uni et de l'Irlande, ainsi que par la Norvège et l'Islande avec un statut de pays associé. En abolissant les contrôles aux frontières communes entre les pays participants, les accords de Schengen assurent la libre circulation des personnes résidentes ou admises à pénétrer dans l'un des États signataires. Cette suppression des contrôles intérieurs se traduit par la mise en place de règles communes pour l'entrée et le séjour des ressortissants n'appartenant pas à l'Union européenne (visas, demandes d'asile…), le renforcement de la sécurité et une coopération judiciaire accrue.

3) Les attentats du 11 septembre 2001 sont la catastrophe la plus meurtrière qu'a connue l'Amérique depuis Pearl Harbour. Ils provoquèrent une onde de choc dans le monde entier. Ce mardi là, 4 avions de lignes intérieures américaines vont être détournés par des pirates pour être transformés en de véritables bombes humaines. Deux d'entre eux vont s'abattre, à dix minutes d'intervalle, sur les « Twin Towers » de Manhattan. Le troisième avion va s'écraser sur le Pentagone (département de la Défense). Le dernier s'écrase dans l'ouest de la Pennsylvanie, entre New York et Washington. Le bilan définitif des victimes des attentats est très lourd : 2 819 victimes pour le World Trade Center, 184 victimes pour le Pentagone et 266 victimes pour les 4 Boeing détournés.
Si aucune revendication officielle n'a été émise suite à ces attentats, tout désigne l'organisation Al Qaïda, dirigée par le milliardaire d'origine saoudienne Oussama Ben Laden. Sous la direction des Etats-Unis, une opération baptisée « Liberté immuable » est organisée sur l'Afghanistan qui sert de refuge à l'organisation Al Qaïda et à son chef Ben Laden. Si l'opération

a permis de chasser les talibans du pouvoir, les deux hommes les plus recherchés du monde, Oussama ben Laden et le mollah Mohammad Omar, chef des talibans, courent toujours.

4) La Banque européenne pour la reconstruction et le développement (BERD) a été créée en 1991. Son rôle est de favoriser la transition vers une économie de marché des pays d'Europe centrale et orientale et de la Communauté d'Etats indépendants (CEI) qui s'engagent à respecter et à mettre en pratique les principes de la démocratie, du pluralisme et de l'économie de marché, et d'y promouvoir l'initiative privée et l'esprit d'entreprise. La BERD s'efforce d'aider ces pays à mettre en oeuvre des réformes économiques structurelles et sectorielles et à encourager la concurrence, la privatisation et l'esprit d'entreprise. Dans toutes ses activités, la BERD s'attache à promouvoir un développement sain et durable du point de vue de l'environnement.

5) Charles de Gaulle, général et homme politique français (1890-1970), a marqué profondément le destin de la France.. Après la Première Guerre mondiale, il écrit plusieurs ouvrages de stratégie et de réflexion politique et militaire. En mai 1940, il est nommé général de brigade à titre temporaire, et, le 5 juin 1940, sous-secrétaire d'État à la Défense nationale dans le cabinet Reynaud. Refusant l'armistice, il se réfugie à Londres d'où il lance le 18 juin 1940 un appel à la résistance. Après bien des difficultés, il s'impose comme le chef de la France libre. Le 13 novembre 1945, il est élu, à l'unanimité, chef du gouvernement provisoire. De Gaulle, en désaccord sur le projet de Constitution, démissionne le 20 janvier 1946. En 1947, il fonde et dirige le Rassemblement du peuple français (RPF). En 1953, il se retire de la vie politique à Colombey-les-Deux-Églises où il entreprend la rédaction de ses Mémoires de guerre (1954 -1959).

En mai 1958, il est rappelé au pouvoir à la faveur de la crise algérienne. Il fait approuver une nouvelle Constitution qui fonde la Ve République. Il met fin à la guerre d'Algérie (accord d'Évian, 18 mars 1962), et accomplit la décolonisation de l'ancien empire. Il renforce l'autorité présidentielle en faisant approuver par référendum, le 28 octobre 1962, l'élection du président de la République au suffrage universel. Il mène une politique de réconciliation avec l'Allemagne et prône la construction d'une Europe redevenue maîtresse de son destin. Réélu en 1965, il développe une politique étrangère d'indépendance nationale (mise au point de la bombe atomique, retrait de l'OTAN en 1966).

Un an après les événements de mai 1968, il organise un référendum sur la régionalisation et la réforme du Sénat. Le «non » l'emportant, il démissionne le 28 avril 1969 et se retire à Colombey-les-Deux-Églises. Il meurt, le 9 novembre 1970, dix-huit mois après avoir quitté le pouvoir.

Grille d'évaluation

Le total de points par test est de 100 points :

1 point par QCM : 80 QCM à 1 point = 80 points.

4 points par QRC : 5 QRC à 4 points = 20 points.

Moins de 35 points : niveau faible, une révision des connaissances de base s'impose, la pratique des tests de culture générale devrait vous aider dans ce sens.

De 35 à 45 points : niveau encore insuffisant, les bases sont fragiles et incomplètes, la technique des QCM n'est peut-être pas encore bien comprise.

De 45 à 55 points : niveau moyen, les bases sont dans l'ensemble assimilées, mais il faut absolument progresser afin justement de sortir de la moyenne des candidats.

De 55 à 75 points : niveau bon, quelques carences ponctuelles, les connaissances peuvent être encore renforcées par l'entraînement et des erreurs sont peut-être encore dues à une maîtrise imparfaite de la technique des QCM.

De 75 à 100 points : excellent niveau.

Niveau 2 – Test 6	*Total des points obtenus*
Instruction civique, Droit	… / 10
Histoire	… / 10
Géographie	… / 10
Économie	… / 10
Sculpture, Architecture, Peinture, Musique	… / 10
Cinéma,Télévision, Théâtre, Photographie	… / 10
Littérature, Poésie	… / 10
Vocabulaire, Orthographe, Grammaire	… / 10
Questions à Réponse Courte	… / 20
Total général	***… / 100***

Pour obtenir la note sur 20 :

$$\frac{\boxed{\dots\dots\dots}}{5} = \dots / 20$$

Achevé d'imprimer sur les presses de l'Imprimerie BARNÉOUD
B.P. 44 - 53960 BONCHAMP-LÈS-LAVAL
Dépôt légal : mars 2003 – N° d'imprimeur : 13935
N° éditeur : 2101 - Imprimé en France